文史小丛书

遥远的叹息

赵丽宏 著

中国出版集团
東方出版中心

图书在版编目(CIP)数据

遥远的叹息 / 赵丽宏著. —上海: 东方出版中心，2019.8

ISBN 978-7-5473-1507-1

Ⅰ. ①遥… Ⅱ. ①赵… Ⅲ. ①随笔—作品集—中国—当代 Ⅳ. ①I267.1

中国版本图书馆CIP数据核字（2019）第138703号

遥远的叹息

出版发行： 东方出版中心
地　　址： 上海市仙霞路345号
电　　话：（021）62417400
邮政编码： 200336
印　　刷： 山东鸿君杰文化发展有限公司
开　　本： 787mm × 1092mm　1/32
字　　数： 140千字
印　　张： 10.75
版　　次： 2019年9月第1版第1次印刷
ISBN 978-7-5473-1507-1
定　　价： 35.00元

目 录

我印象中的散文家们

我从他们的作品中认识了他们。他们用各自不同的语言，赠给我一幅幅自画像。

朋友，如果你感兴趣，就让我来谈谈我对他们的印象吧。

普里希文

他从大自然中走来，浑身散发着森林和田野的气息……

他引我沿着隐隐约约的羊肠小道，走进一片被晶莹月色笼罩的神奇森林……

他坐在密林中的一个潮湿的树桩上，膝盖上铺展开翠绿的稿纸……

读他的散文，仿佛可以听见他和整个大自然对话，和山林，和流泉，和树，和林中的走兽，和天上的飞鸟，和草叶上的露珠……是的，他可以把一片在秋风中飘落的黄叶写成一篇洋洋洒洒的动人的抒情散文。大自然中每一种生命的运动都使他激动不已，使他产生无穷无尽的联想。他的灵感和思绪像四处迅跑的清风，在大自然的每一个角落里发出悦耳的回声。

真诚地、充满幻想地倾诉着对自然、对生命的感情，这种倾诉一定是动人的。

当评论家在他清新纯朴的文字中发现了深刻的哲理时，他惶惑了：是吗？我自己怎么没有想到？

他说的是真话。

有些人挖空心思企图告诉人们一些深刻的哲理，结果却给人留下装腔作势、故弄玄虚的印象。而他却在大自然和人类之间做着翻译的时候，自然而然地向人们透露出许多人世间的哲理。

他确实是深刻的。

鲁迅

假如他的几百万字的著作都未曾被人发现，只留下薄薄一本《野草》，他也会成为使读者难忘的散文大师。他的犀利、他的深刻、他的幽默、他的色彩缤纷的才情、他的无所不至的想象、他的孜孜不倦的求索，全部蕴含在诗一般的文字中。就是那些迷惘的呼叫和感伤的叹息，也发出美妙的回响……

这是世界上最美妙、最葳蕤的野草，它们可以面对一切名贵的花卉而毫无愧色。

当然，他留下的远远不止一部《野草》。

在《朝花夕拾》中，我看见了他不泯的童心，我看见他坐在灯下微笑着沉思，手中的烟蒂红光闪烁，往事像飘飘袅袅的烟缕把他包围起来，又像缤纷的花雨在他的世界里飞扬撒落……

有些人只看见他辛辣、犀利的一面，仿佛只有匕首和投枪才是属于他的，仿佛只有刺梅和枸骨才能象征他的性格和风骨。不要忘记，他的原野上还有那些瑰美奇丽的野草，还有那些沾着温柔露珠的花瓣……

大师们都是丰富的，人类所具有的感情，他们的笔下都时有流露。他何尝不是如此呢！

阿索林

一阵清幽的铃声带着一种颤动而悠长的声音响了起来……

一阵遥远的笛声在黄昏的微光里飘荡……

他发出的声音总是那么幽远，那么平静，那么优雅。

他似乎只是沉湎在逝去的岁月里，只是讲着过去的故事。他沉着地、不紧不慢地讲着，所有的感情都蕴含在缓缓流淌的语言的清溪中。那种淡淡的哀愁，那种隐隐的忧伤，使人黯然伤神，又使人心驰神往，使人不知不觉陶醉其中。

我总是以为西班牙人都是热烈、奔放、血气方刚的，热衷于在斗牛场叱咤风云，用剑和血昭示人类的勇敢和豪迈。他摇着他的铃，吹着他的笛，把我引进了另外一个世界。

他的世界同样令人神往。

泰戈尔

他的想象和思绪像自由自在的小鸟，忽而飞入密林，忽而掠过海洋，忽而蹿入云空。他可以随心所欲地在大自然和人群中撷取一滴水、一棵草、一声叹息，然后用独特的方式意味深长地把它们表现出来。

他是一片真正的海，我无法测量他的深度和广度。在那些朴素的、平静的语言外衣下，包藏着海水一样丰富浑厚的内容，你可以尽情在其中遨游。

他常常露出神秘的、含义幽深的微笑，这种微笑使我久久地沉浸在神奇的冥想中。

波德莱尔

他把人世间的忧郁和不幸展现在人们面前……

他描绘出一个又一个戴着面纱的神秘形象……

他把愁思一缕一缕地撒在雪白的稿笺上。

他认为这一切就是“美的灿烂出色的伴侣”。

是的，他的魅力正在这里。

然而，在他断言“‘欢悦’是‘美’的装饰品中最庸俗的一种”的同时，他的笔下却不时悄悄流出了欢悦。

纪伯伦

他用东方人的坚忍和执拗，兴致勃勃地在世界上走着。他的足音充满着探索的欲望，他的每一个脚印都凝聚着智慧。

他庄重地敲着一扇又一扇门。有些门开了，你可以看见门里的会说话的花草和思索着的人；有的门没有开，那回音不断的敲门声却可以勾起你无穷的想象。

他用东方人的含蓄和幽默，倾诉着人生的体验。你仔细听吧，你能在他的悲欢忧愤中悟出许多不寻常的哲理。

和泰戈尔一样，他也是一位东方的哲人。

朱自清

亲切、平易近人的人，会有很多好朋友。

亲切、平易近人的文章，也会赢得很多读者。

他的魅力就在于亲切、平易近人。从来没有见他摆过架子，从来没有听到他用居高临下的口吻教训过人，从来没有见他故作慷慨激烈之状。他只是轻轻地说，只是不动声色地娓娓而谈，谈一些普通的人，谈一些普通的事。然而我却深深地被他打动，情感之弦不断地在他的文字中产生共鸣。他是把真诚看得比生命还要重的！

当他在静夜漫步，面对着月下荷塘，任思绪像晶莹的月光一般流泻的时候；当他在春天的田野里奔跑，像孩子一样追着春风春雨，惊叹着绿色的生命复苏的时候；当他的诗人气质和才情在文字中横溢的时候，他也是坦白而又诚恳的。这种坦白和诚恳使我情不自禁地跟着他走进了他所营造的意境……

帕乌斯托夫斯基

他用只属于他自己的独特语言，优美地、不慌不忙地向人们介绍着一个又一个文学大师：安徒生、雨果、普希金、莱蒙托夫、巴尔扎克、福楼拜、莫泊桑、左拉、陀思妥耶夫斯基、托尔斯泰、契诃夫、高尔基、勃洛克……

他讲着他们的故事，他把大师们的风格化成无数具体生动的形象。别人讲过的事情，在他的叙述中似乎又变得新鲜。许多平平常常的文学现象，在他的笔下变得妙趣横生，使人忍不住惊叹：哦，原来如此！

那些只会讲一些枯燥道理的文艺理论家们应该来听一听他的声音。他说的是最严肃的事情，却从来不会使人生厌。

他自己的风格也因此凸显在人们面前。

不错，这是花园中独一无二的“金蔷薇”。

东山魁夷

作为画家，他不愧为大师。开始看到他的画的时候，我就为之倾倒。在那些青的、蓝的、紫的、白的中，在那些冷峻的色调中，可以感觉到他的深沉的热情，可以体会到他对自然美的非同一般的认识。

我不知道，在日本，人们是否把他排入散文家之列。在我的印象中，他是一位出色的散文家。我只读了他的两篇散文，像他的画一样，它们深深打动了我。他的文字充满了色彩，而且是一些变化着流动着的色彩。他写清澈的流泉，写人迹罕至的高原，写雪景，写春天的花草，写自己在大自然中激动沉醉的心情，这是一种真挚、细腻、高尚的感情。他的描写和抒情使我身临其境。

也许，因为是画家，他才能如此准确、生动地描绘大自然的色彩。然而并不是所有的画家都具备这种才能。如果他愿意在用画笔描绘大自然的同时，也常常用文字倾吐他的感想，我相信他一定也会成为散文大师。

1985年夏日

品文札记

美丽的翅膀

一双深沉的眼睛凝视着辽阔的大地……

一颗充满挚爱的心在大地上飞翔……

一个人和大地奇妙地融合在一起……

读泰戈尔的《我对大地的爱》时，我不仅被文章中的深情震撼，也为作者神奇的想象力惊叹。泰戈尔爱大地爱得如此之深，以至于产生了幻觉，仿佛自己也成了大地的一部分，“我上面长着青草”，“我上面照着秋光”。作者的意识竟会流过草叶和草根，会“穿过树干和树液一同上升”……

似乎每一句话都是荒诞的，但它们却使人感到真实。因为，作者的爱是真的。大胆而又出奇的想象并没有损伤作者所要抒发的感情，相反，有了这些非同一般的想象，作者对大地的爱才显得更丰富、更真切、更深沉。

大胆的、合乎情理的想象，如同美丽的翅膀，能把读者引进深邃的意境。

憎恶和爱

左拉的《我的憎恶》是一篇震撼人心的奇文。

写这篇文章时，左拉还很年轻，血气方刚，无所顾忌。他在文章中以激昂的情绪、犀利的语言抨击了他所憎恶的人，无情的批判和嘲讽犹如寒光四射的利剑。可以想见，在当时发表这样一篇锋芒逼人的文章，需要何等的勇气；也可以想见，当这篇文章在法国流传时，曾引起多少人的惊骇和仇视。时隔一百多年，我们依然可以体会到这篇奇文的力量。

左拉憎恶的是什么？他的观点鲜明，毫不含糊。他憎恶那些没有价值和软弱无能的庸人，他憎恶那些纠缠于个人偏见、无视真理、趋炎附势的人，他憎恶那些不正常的冷嘲热讽，他憎恶那些高傲而又无能的蠢人，他憎恶那些惯于发号施令的学究、那些回避现实生活的书呆子一样的令人讨厌的家伙。在抨击了他的憎恶对象，并历数了他憎恶的理由之后，他又奇峰突起地宣告："现在你们知道了我爱些什么，我作为一个青年的美好的爱是什么。"

尽管左拉在文章中没有解释过一句他的所爱，但是，当我们最后听到他这样宣告时，却一点也不觉得突兀，因为在批判他所憎恶的事物的同时，其实他也已经告诉人们他爱的是什么：他所憎恶的对立面，便是他的爱。所以可以这样说，《我的憎恶》实际上也是一篇爱的宣言。

这样的文章不可多得，它充满了旺盛蓬勃的朝气和生命力，洋溢着无所畏惧的批判精神。文章中那些大胆、夸张和生动的描绘，表现出青年左拉的惊人才华。也许，至今仍会有人认为左拉的观点失之偏激，但谁能否认《我的憎恶》中闪耀着真理的光芒，谁能否认其中迸发着青春的活力呢?

重奏

迎着秋天的艳阳漫步田野，就像走进了一幅明朗高旷的油画中。秋天的大自然是那么奇妙，收获的喜悦弥漫在天地之间。在林间草地意外地发现一颗晚熟的草莓，不禁想起了春天和夏天，想起了大自然的千百种生灵在不同季节的千百种微妙的变化，也回忆起已逝去的青春时代的单纯和天真。阳光使万物走向成熟，人类亦然。虽然美妙的时刻一去不返，温暖的春天和清纯的青春岁月却永远使人留恋……

这就是波兰作家伊瓦什凯维奇在他的散文《草莓》中向我展示的情境。这情境充满了对青春、对生命、对大自然深挚的爱。这些爱并不是孤立的，它们如水乳交融，你中有我，我中有你，谁也无法把它们分割。大自然的法则制约着世间的一切生灵，有些人漠然视之，有些人从中悟出生命的深刻意义，因而更加热爱自然，热爱青春和生命。在这样一篇短短的散文中，作家表达了曲折而又丰富的情绪。原本似乎不相干的事物，经过作者巧妙贴切的组织糅合，极其自然地融汇在一起，犹如几把小提琴，各自发出不同的鸣响，却奏出一阕和谐优美的短曲。这样的重奏是令人赞叹的。

紫罗兰的哲理

纪伯伦在他的散文《虚荣的紫罗兰》里讲了一个童话，一个忧伤而富于哲理的童话。一株娇小的紫罗兰，因为不满足于自己的命运，不满足于自己渺小可怜的形象，不顾一切劝阻，求造化把自己变成了一株盛开的玫瑰。然而一个小时后，玫瑰便被一场暴风雨摧毁。虚荣心使紫罗兰失去了宝贵的生命。

这个童话告诉我们什么呢?

玫瑰花和造化作了很好的回答：要克服空虚的幻想和无谓的骄傲，要满足于自己的命运，要求过多就会失去一切。

纪伯伦的思索并没有到此为止。更发人深思的是紫罗兰临死前发出的感慨："我听见更高的世界对我们的世界说：'生活的目的在于追求比生活更高更远的东西。'……我反抗了自己，我追求那些我不曾有过的东西，直到我的愤怒化成了力量，我的向往变成了创造的意志。"濒死的玫瑰毫不后悔，骄傲而又神往地回顾了它那一个小时的玫瑰生涯。她含笑死去，死而无憾。

紫罗兰说出了两层哲理，前一层是对虚荣心的贬斥，后一层却是对拼死追求理想的褒奖。两层哲理是一对互相排斥的矛盾，纪伯伦似乎并没有厚此薄彼的倾向。这样一来，文章便给读者留下了一大片空白，你必须通过自己的思索来填补这片空白。常说好文章应当余味无穷，我想，这大概也是余味无穷之一种吧。

林中泉水

谈语言的文章常常使人觉得枯燥无味。帕乌斯托夫斯基的《小树林中的泉水》却是一个例外。这篇散文是在谈语言，然而我仿佛是被引导着在读诗，在品画，在宁静的大自然中散步。

帕乌斯托夫斯基把语言比作泉水，描绘泉水时，他却似乎故意游离了命题，只是以自己独特的感受和想象力描绘自然。他笔下的湖水是一片静静的碧水，“在它透明的深处有柔和的浅绿和碧蓝的色调……”这样细致入微的刻画，不仅使人如临其境，也使人品味到文学语言的魅力。他的文字犹如音乐，不管是大声朗读还是轻声吟诵，都可以体会到一种美妙的节奏。

我不懂俄语，不知“泉水”一词在俄语中有多少种解释。然而就是这么一个普通的词，却引出了作家的丰富联想：“泉水产生河，而河水流过我们母亲大地，流遍辽阔的俄罗斯，养育着人群……”作者的感情渗透在文字之中，当他以真诚的态度娓娓而谈时，读者情不自禁地和他一起陶醉在语言的优美旋律中。

用充满魅力的文字来赞美自己的母语，帕乌斯托夫斯基达到了自己的目的。他的散文本身就是非常有说服力的证明。

火光

这是大约一百年前的情景了：在一次俄罗斯文人的聚会上，一位活跃的女作家拿着一本装帧精美的纪念册，在人群中寻找着她所敬重的作家，请他们在那本纪念册上签名题词以作留念。她找到了柯罗连科。柯罗连科看了看年轻可爱的女作家，先是微笑，然后皱起眉头，用笔在掌心里轻轻地拍了几下。女作家以为柯罗连科要拒绝，睁大眼睛问道：“怎么，您不愿意为我写点什么？”柯罗连科摇摇头，凝视着女作家那双忧郁的眼睛，燃烧的灯火在她幽深的瞳仁中闪闪发亮。柯罗连科的眼睛也亮了一下，似乎联想起什么遥远的往事。他从女作家手中接过纪念册，走到大厅的一边，伏在一张桌子上，默默地写起来。他几乎是不假思索，飞快地在纪念册上写着……女作家焦急地在一旁等着，她没想到柯罗连科会在纪念册上写这么多字，也不知道他会写一些什么。等纪念册回到女作家手里时，她的眼神中闪射出欢乐的光芒，嘴里情不自禁地念出声来：

“很久以前，在一个漆黑的夜晚，我泛舟在西伯利亚一条阴森森的河上……”

这就是后来脍炙人口的散文名作《火光》。几百个字的短文，又是即兴而作，却写得有声有色，有情有理。这是写给颓丧和失望的人们看的一篇优美的散文，在黑暗中看到火光，尽管遥远，然而它在前方燃烧。当生活之河在阴森森的两岸之间流着，有了这样的光亮，便增添了继续扬帆划桨的勇气。我想，那位请柯罗连科题词的女作家，当时大概正被烦恼和沮丧的情绪笼罩着，柯罗连科在她的纪念册上写这篇《火光》，是不是为了给她一种安慰呢?

1987年至1993年

背影

合上那本薄薄的名叫“佩德罗·巴拉莫”的小说，全身心都被一层神秘的烟雾笼罩着，久久无法解脱。这烟雾不是静止的，它们在我的眼前翻卷弥漫、飘忽不定，烟雾里幻化出形形色色的幽灵，鬼魂在其中呐喊，人在其中呻吟，真真假假，死死生生，鬼鬼人人，马蹄踏响过空无一人的庄园，飞扬的尘土中一张张惊恐惶惑的脸时现时隐……

在记忆中，没有哪一本小说曾使我产生如此离奇而又强烈的印象，沉湎在它的意境中时，这世界、这人类仿佛全都有了新鲜的含义，尽管这种新鲜沉重而又阴郁。能创造这种意境的必定是大智者。因为他们，人类的精神世界将不断丰富博大。时空失去了它们固有的规律，死者复活了，生者窥见了死后的一切，死者和生者不动声色地探究着人生的真谛。智慧的调色板上不时泛出人们一时还叫不出名字的新奇的色彩……

我于是记住了这本小说的作者，记住了一位墨西哥当代作家的名字：胡安·鲁尔福。

小说的扉页上没有作者画像，因此我无从知道他的外形。不知道他长有怎样的一张脸，怎样的一双眼睛，不知道他是喜欢蹙着眉峰沉思，还是常常抿紧了嘴显出一种含义深长的微笑……这一切是无法想象的。我曾经尝试着用自己的想象描绘他，然而不行，那片神秘的烟雾中幻化不出他的脸来。只有一个背影，瘦削的、修长的，披着一件黑色的风衣，低着头，步履沉重地在我前面缓缓行走，神秘的烟雾围绕着他，却无法将他淹没……

数年之后，当我接到通知准备出访墨西哥时，脑海中冒出的头一个念头就是：好，这次能见到胡安·鲁尔福了！

人生的机遇是那样的偶然，那些可遇而不可求的事情突然出现在你面前时，有些人惊喜，有些人惶惑，而我，两者兼有，深想一下，也许是惶惑多于惊喜。当我飞越太平洋取道美国踏上墨西哥大地时，心里便充满了这种莫名的惶惑。走出墨西哥机场时，在出口处迎接我们的是墨西哥作家协会主席何塞·乌莎因先生。他是一位风度翩翩的美男子，脸上永远带着温和诚恳的微笑，这微笑消除了陌生的屏障。在汽车驶向宾馆的途中，我便向他吐出了心中的惶惑："胡安·鲁尔福先生，他还在墨西哥吗？"

"在，他住在墨西哥城。他是我们作家协会的名誉主席。"乌莎因先生微笑着回头凝视我，目光中掠过一丝惊讶。

"这次，能拜访他一下吗？"

乌莎因先生没有直视我的期待的目光，转脸看着车窗外缤纷的街景，沉吟片刻，才答道："他最近身体不好，一直在家闭门不出。如果身体许可，他一定非常乐意见你们。他知道你们要来，他很重视你们的访问。"

一个不置可否的回答。我不能再问什么，只能听凭安排了。也许是怕我失望，乌莎因先生又回过头来，笑着补充了一句："我这两天就到鲁尔福先生家里去。我们尽量安排吧。"

一颗还未熄灭的希望的火星！

然而不管怎么样，我毕竟已经离他很近了。那些远隔重洋、相距万里的遥想和揣测都已经成为历史。此刻，我和他身在同一块土地、同一个城市里。走在墨西哥城那些人潮汹涌的街道上，我总是情不自禁生出这种念头：他大概也在这条路上走过的。墨西哥城繁华的都市风光却怎么也无法使我联想起《佩德罗·巴拉莫》，联想起小说中那扑朔迷离、真幻难分的气氛。在那些脚步匆匆的墨西哥城人身上，我也难以联想到胡安·鲁尔福的身影。

他依然神秘，依然是被烟雾围绕着的背影。

墨西哥城的普通老百姓是不是知道他，他们怎样看他，怎样理解他，我很想知道这一切。据我所知，除了中篇小说《佩德罗·巴拉莫》，他只写过一些短篇小说，加在一起才薄薄的一本书。若以创作数量计，在中国他恐怕要领一张作家协会的会员证也会遇到麻烦。大作家也是各式各样的。

一直陪着我们的卡门太太是墨西哥作家协会的戏剧部主任，一位举止优雅的中年女士。一次闲聊中，我们谈起了胡安·鲁尔福。

“你认识他吗？”

“胡安·鲁尔福，”卡门太太轻轻重复着他的名字，语音里流溢出一种神往，“我当然认识他，大家都认识他。”

“能谈谈您对他的印象吗？”我很有兴趣地追问。

卡门太太把头一甩，笑了，金色的头发遮住了浅蓝的眼睛。她的描绘极其简单，也有些朦胧：“一个离群索居的老人，一个沉默的老人。他的目光能看到你的心灵深处，你却未必能看到他的内心。他喜欢在寂静中冥想，谁也走不进他冥想中的世界。”

我专注出神的表情引起了卡门太太的注意，她又笑了：“等见到他，你就知道了。”

又是一颗燃烧的火星！卡门这样说，想必言之有据。

仿佛又离他近了一步。只是仍旧只见他的背影，他反剪着双手、低着头踽踽独行的背影。

一天，翻译陪着我们去逛墨西哥城的书店。我的目光停留在五花八门的文学著作中，我在找他的名字。一位黑头发黑眼睛的小伙儿走近我，友好地向我点头微笑。这是书店的职员，他显然想向我提供帮助。

“我想找一本胡安·鲁尔福的著作。请问，您知道胡安·鲁尔福吗？”

“当然知道。我们中学的课本里就有他的小说。”小伙子说着，把我引到一个书架前，“瞧，这里都是他的著作，各种版本的都有。”他从书架上挑出两本书，递到我手中。

两本书都不厚，装帧简朴，涂塑的封面上没有艳丽的色彩和图案，只有黑色西班牙文字母组成的书名赫然醒目。书的设计者很聪明，像他这样的作家，无须以缤纷华丽的外衣作为装饰。翻译告诉我，两本书中，一本是《佩德罗·巴拉莫》，另一本是《胡安·鲁尔福小说集》。虽然不识西班牙文，我还是情不自禁地动手翻开书页……

不知为什么，书还未翻开，我的心跳却紧张得加速了。为什么？按惯例，这样的著作扉页上会印有作者的照片——难道，我是怕看见他的照片？

也许真是这样。我怕见到他的照片后，会破坏了深藏在心里的那份神秘感。照片上的他，未必能将目光射到我的心灵深处。要消除那份神秘感，也应该是在见到他本人的那一刻，为何不将这种感觉保留延迟到那一刻呢？

书还是翻开了。两本书的扉页上都没有他的照片。是出版者的疏忽，还是作者本人的意旨？不得而知。

当我在墨西哥南方的玛雅文化遗址前发出由衷的感叹时，他的背影依然不时在我眼前出现。我觉得他的形象和笼罩着神秘色彩的玛雅文化有一种内在的默契，只有在能诞生玛雅文化的土地上，才能诞生他这样的作家。玛雅文化中断得极其突然，以至成为举世瞩目的历史和人类之谜。这谜又使我联想起他的创作。1962年，他只有四十四岁，正是精力旺盛的年龄，在中国，这个年龄的作家常常被归入“青年作家”之列。就是在四十四岁的时候，他中断了创作，再没有写过一篇小说。此后的二十多年，他默默地把自己关在墨西哥土著民族研究所，研究他的人类学。他为什么搁下了手中那支不平凡的笔？是厌倦了，不想再写？是觉得巅峰已过，想永远保留自己在读者心目中的形象？是人类学吸引了他，使他认为研究人类的乐趣远在写小说之上？……如果见到他，我很想亲口问一问。暂时我还无法知道答案，不过这答案大概要比玛雅文化为何中断简单得多，我想。

又回到墨西哥城了。还有两天就要起程回国。乌莎因先生在一家中国餐馆设宴为我们送行。他是否去过胡安·鲁尔福家中？我们和胡安·鲁尔福的会面能否实现？乌莎因先生微笑着，不动声色。他总不会忘记了自己的许诺吧？

终于，乌莎因先生谈这件事情了。当听到他口中出现胡安·鲁尔福的名字时，我的心又一次抽紧了。

“胡安·鲁尔福的身体仍旧不好，这几天还在床上躺着。不过，他非常愿意见你们。假如……”

乌莎因征询的目光落在我们的团长脸上。善良的团长犹豫了片刻，答道：“既然鲁尔福先生卧病在床，我们就不打扰他了，请您代我们转达敬意和问候吧。”

这一话题就到此结束。我闭口无言，感到沮丧，眼前仿佛出现了似梦非梦的情景：我久久地追随着一个神秘人物，他时隐时现地走在我前面，从不转身回首看我一眼。我步履急促，连奔带跑，他却一步一步走得极慢。眼看已离他不远，只要再紧追几步，就能赶上他。然而我竟一脚踏空，跌进一道突然出现的深壑之中。当我在黑暗中挣扎时，他走远了……

哦，我将带着一份遗憾返回中国！

离开墨西哥城，离开诞生了他的那片土地，我踏上遥远的归程。飞越太平洋时，正是茫茫黑夜，机窗外什么也看不见，只有深不见底的黑暗。我试图想象他在病榻闭目静思的模样，然而不行，想象的翅膀怎么也不肯往那个方向飞，唯有他的背影，唯有他的背影依然无声地走在我不可企及的前方……

只能再沉浸到他的小说中去继续重温他、寻找他、想象他。

回国不到四个月，就听到他离开人世的消息。那是登在《文艺报》上的一则一寸见方的小消息，许多人也许不会注意它，我却默默地对着这条消息沉思了很久。我想起了他小说中一段关于死的描写：

> 死就像一条河，慢慢地涨着水，慢慢地把它盖住，然而它不紧不慢地就成了一条新的小河。

他的河是不会枯竭的。这河将发出他的奇特的声响，在曾经追踪过他的人前面流着，并且会逐渐汹涌起来，宽阔起来。在他的涛声里我仍将看见他的背影，瘦削的、修长的，披着一件黑色的风衣，低着头，步履沉重地在前面缓缓行走。神秘的烟雾围绕着他，却无法将他淹没……

1986年秋

温暖的烛光

在午后灿烂而柔和的阳光下，弗拉基米尔大教堂古老的天蓝色圆顶显得明亮悦目。教堂门前那条石板路也在阳光下闪烁发亮，如同一条波光粼粼的河。这条石板路被彼得堡虔诚的东正教徒们走了几百年，高低不平的路面如果有记忆的话，应该会记住一位俄罗斯大作家的脚步。这位作家是陀思妥耶夫斯基。

陀思妥耶夫斯基在这一带度过了他生命中最后的两年半时光。从他的住宅窗户中能看见弗拉基米尔大教堂蓝色的圆顶。陀思妥耶夫斯基是一个虔诚的教徒。住在这里时，除了出门旅行或者卧病不起，他每天早晨都带着他的一对儿女上教堂。附近的彼得堡人都认识这位爱戴礼帽、手杖不离手的大胡子作家。这位平时面色严峻、目光深邃的先生，只要和儿女走在一起，表情便会变得慈祥可亲。这并不奇怪，一个能写出《被侮辱和被损害的》和《罪与罚》的小说家，必定是一个心地善良、感情丰富的人。

陀思妥耶夫斯基的故居在一幢普通的公寓楼中。公寓楼的大门低于地面，进门必须向下走几级台阶，如同走进一个地道的入口。大门上方的一扇窗户上，挂着陀思妥耶夫斯基的照片。走进大门时，我的目光正好和照片上的陀思妥耶夫斯基的目光相遇。这是一双在黑暗中凝视远方的眼睛，那沉思的忧伤的目光使我肃然起敬。陀思妥耶夫斯基的寓所在二楼，是一个有五间房子的大套间。门厅的走廊里，陈列着陀思妥耶夫斯基戴过的黑色圆顶大礼帽，尽管过去了一百多年，这顶礼帽依然完好如新。站在门口，面对着走廊里的镜子和衣帽架，可以想象当年主人出门上教堂前对着镜子整理衣帽的情景。这时，他的一对儿女一定已经穿戴整齐了站在门口等候父亲……

陀思妥耶夫斯基逝世于1881年，而他的故居博物馆却到1971年才正式建立，其间相隔90年。这

90年中陀思妥耶夫斯基故居一直是普通的民宅，房子数易其主，有些房客甚至不知道这里曾住过一位天才的伟大作家。这样的现象在俄罗斯似乎不合常规，因为俄罗斯人对自己的历史、文化和艺术的珍惜是举世闻名的。在城市的街头巷尾，到处可以发现政府为一些文化人树立的塑像和纪念碑，有些人的名字人们甚至不怎么熟悉。而陀思妥耶夫斯基这样影响遍及全球的作家，为什么会遭到如此冷落？陀思妥耶夫斯基博物馆的讲解员，一位彬彬有礼的小伙子，开门见山地把答案告诉了我，他说："因为早期的苏联领导人不喜欢陀思妥耶夫斯基，把他称为'坏作家'，所以他的故居也只能默默无闻。"

如果说，以前陀思妥耶夫斯基在我的心里有一种神秘感，那么，在走进他的故居之后，这种神秘感便开始逐渐消散。

进门第一间屋子是儿童室。墙上挂着陀思妥耶夫斯基一对儿女的黑色剪影，玻璃橱里放着父亲送给女儿的生日礼物：一些漂亮的瓷娃娃。地上是儿子玩的木马。桌上摆着几本书：普希金的儿童诗、果戈理的小说选、俄罗斯民间歌谣，这是陀思妥耶夫斯基每天晚上在孩子临睡时给他们念的读物。桌上还有一张字条，上面是六岁的儿子用歪歪扭扭的笔迹写的一句话："爸爸，给我糖果……"

这间房子里的一切，都充满了父爱的温馨，令人感动。陀思妥耶夫斯基一生结过两次婚。第一位妻子是他被流放到西伯利亚时结识的，婚后不久妻子便因病而逝。第二次结婚时，陀思妥耶夫斯基已经46岁，而他的妻子安娜只有19岁。安娜原是陀思妥耶夫斯基雇佣的速记员，是一位善良、聪明而又坚强的女性，两人在工作中产生爱情并结为夫妻。安娜共生了四个孩子，不幸夭折了两个。活下来的一对儿女是陀思妥耶夫斯基晚年生活中的欢乐天使。在这间儿童室里，无须讲解员做更多的解释，环顾室内的摆设，便能感受到一种温暖动人的天伦亲情。

儿童室隔壁是安娜的房间，也是他们夫妇的卧室。安娜的桌上有她为丈夫做速记的手稿，也有她为日常生活开销列出的账目清单。安娜的笔迹简洁有力，从中可以窥见她坚强干练的性格。旁边一张梳妆桌上有一张陀思妥耶夫斯基送给妻子的照片，照片上的陀思妥耶夫斯基表情严肃，照片下他的亲笔题词却充满柔情：献给我最善良的安娜。在晚年有安娜这样一个好妻子，也许是陀思妥耶夫斯基一生中最大的幸运。安娜不仅是丈夫创作上的得力助手，在生活上对他的照顾也是无微不至。当陀思妥耶夫斯基那可怕的癫痫病发作时，只有安娜的抚慰能使他镇静。安娜乐于为自己的丈夫做任何事情。可以说，她把自己的一生毫无保留地献给了陀思妥耶夫斯基。在俄罗斯作家们的生活中，这几乎是绝无仅有的现象。难怪托尔斯泰曾发出这样的感慨：如果其他作家也有陀思妥耶夫斯基和安娜这样美满的婚姻，那么俄罗斯文学大概会更加丰富。

走过一个小餐厅，就是客厅。墙上挂着一幅宗教色彩很浓的油画，画面上耶稣从天而降，前来拯救两个正在受难的年轻人。这个客厅里，曾经高朋满座，彼得堡一些有名的演员、作家和医生，是这里的常客。一面墙上挂着一些当时经常来这里做客的名流们的照片。晚上，客人们陆续离去，妻子儿女们入睡了。接下来就是陀思妥耶夫斯基写作的时间。陀思妥耶夫斯基喜欢一个人坐在客厅的沙发上构思他的小说。他的习惯是一边吸烟，一边思索，一个晚上竟可以吸十支烟。深夜，安娜起来为丈夫煮咖啡、做点心，走进客厅时，只见缭绕的烟雾包围了坐在沙发上的陀思妥耶夫斯基……

陀思妥耶夫斯基虽然也有贵族的头衔，但他并不富裕。在彼得堡为数不多的靠稿酬为生的作家中，他的生活极其平民化。陀思妥耶夫斯基的大部分时光，几乎都在拼命写作，所以有人称他为“写作机器”。我想，在很大程度上，这也是生活所迫。尽管如此，他的作品却不是那种胡编乱造的欺世之作，他的故事来自真实的生活，他的感情发自内心深处。和他同时代的作家中，很少有人像他那样不知疲倦地思索。他的作品早已成为世界文学宝库中灿烂夺目的一部分。陀思妥耶夫斯基的生活和创作很自然地使我联想起巴尔扎克。

陀思妥耶夫斯基的书房就在客厅的隔壁。这是一间将近三十平方米的大书房，据说里面的家具和摆设一如当年。在那张柚木大书桌上，陀思妥耶夫斯基写出了《卡拉马佐夫兄弟》。书桌前有一把雕花木椅，陀思妥耶夫斯基有时也在书房里接待客人，这把椅子是客人们的专座。墙上挂着一幅油画，是拉斐尔的《西斯廷圣母》的临摹。这间书房看上去有一种空旷冷寂的感觉，对于它是否真的保留了当年的原貌，我有些怀疑。不过毫无疑问，陀思妥耶夫斯基当年曾天天在这里伏案写作。

1881年2月6日上午，陀思妥耶夫斯基像往常一样正在伏案写作。桌上的一支笔被他的臂肘碰落在地上，他俯身想去捡笔，鲜血突然从口中喷出，随即扑倒在地。安娜闻声赶来，把陀思妥耶夫斯基扶到床上，然后急着要去请医生。陀思妥耶夫斯基伸出一只手，吃力而又平静地阻止她："不必了，去请牧师吧。"他自知不久于人世，不想再麻烦医生。安娜还是坚持请来了医生。在床上躺了一天，陀思妥耶夫斯基感到体力恢复了不少，居然又打算起床继续写作，然而毕竟力不从心，起来后复又躺倒。安娜坐在床边日夜陪伴着他。在昏迷中，陀思妥耶夫斯基一直把妻子的手紧握在他那瘦而宽大的手掌中。2月8日午夜，陀思妥耶夫斯基从昏睡中醒来，他从枕头边拿起一本《圣经》，随手翻开，将颤抖的手随意按在翻开的书页上，然后凝视着天花板，请坐在身边的安娜读出他的手指点到的那一部分的文字。安娜看着《圣经》，低声读道："你们不要控制我，我已经找到了伟大的真理……"陀思妥耶夫斯基听罢大吃一惊，他认为这正是死神的召唤。第二天早晨8点37分，这位伟大的作家安然离开了人世……

我久久地站在书房门口，想象着曾发生在这间屋里的一切，想象着陀思妥耶夫斯基在这里所经历的激情和悲欢。那张柚木大书桌上，点着两支风吹不灭的电蜡烛。烛光下，摊着陀思妥耶夫斯基未完成的小说手稿。桌角上，是女儿写给他的一张字条，上面写着："爸爸，我爱你。"

讲解员告诉我，这两支永不熄灭的蜡烛是一种象征，象征着作家的创作永远没有停止。讲解员的解释固然很动人，然而在我的眼里，这两支闪烁着温暖光芒的蜡烛也是人间美好感情的象征。被烛光照耀的墙壁上，挂着安娜的相片，相片上的安娜永远以一种亲切宁静的微笑凝视着丈夫的书桌。烛火里，似乎也时时回响着一个小女孩纤弱而又忧伤的呼唤："爸爸，我爱你……"

也许以前很少有中国作家来这里，我们的访问使年轻的讲解员很激动。临走的时候，他问我："您认为陀思妥耶夫斯基是一位怎样的作家？"我这样回答他："他是一位伟大的作家。他的作品揭示了人类心灵中的很多秘密。他的作品是属于全人类的宝贵财富。"讲解员向我鞠了一躬，然后真诚地对我说："谢谢您的这番话。我要把您的话告诉来这里参观的其他人！"

大概是为了报答我，讲解员送给我一张印有陀思妥耶夫斯基手迹的画片。这是他的长篇小说手稿的一页，字迹密集而凌乱，从中可以看出作家思维的活跃。有意思的是他随手涂在稿纸上的一些图案。图案画的是教堂的拱门，完成的和未完成的加在一起，一共有十二扇，它们大大小小，毫无规律地分布在文字的空隙间。我想，这些门，应该是陀思妥耶夫斯基的“意识流”的产物，是他的精神活动在无意间流露出来的轨迹。这些门代表什么呢？也许是一种渴望，是一种对理想境界的呼唤。作家的探索和创造，不正像在努力开启一扇扇门？有些作家打开了那些门，把门内神秘的世界展现在人们面前，使人们惊叹天地和人心的浩瀚。陀思妥耶夫斯基就是这样的作家。而有些作家，终身只能在那些锁着的门外徘徊。

1991 年冬天

黑色的沉默

曾经有很多人提出这样的问题：假如普希金不和冈察洛娃结婚，结果会怎么样？提这问题的人其实已把答案和问题一起告诉了大家。这答案，无非是普希金将因此而不去和人决斗，所以会活得更长久，也因此会为后人奉献更多的诗篇……提问题的人，心里存着一种固定的认识，即普希金和冈察洛娃的婚姻是一个错误。

讨论这样的问题，其实没有任何意义。把普希金的死归咎于冈察洛娃，肯定不公平，公正的历史学家和文学家们也从来没有这样认为。对于一个生活在黑暗时代的愤世嫉俗的贵族诗人，他的婚姻的不美满似乎也是一种必然。有几个俄罗斯作家能像陀思妥耶夫斯基那样，能将一种亲密和谐、充满温馨的婚姻状态从开始一直保持到生命结束呢！

毫无疑问，冈察洛娃曾经使普希金神魂颠倒，她的出现使诗人的心中涌出许多热烈而美丽的激情。我读过普希金写给冈察洛娃的那些情诗，没有人会怀疑他的感情中有什么虚假的成分。在恋爱之初，普希金对冈察洛娃的爱简直到了崇拜的程度。冈察洛娃是当时公认的“莫斯科第一美人”，在她周围有许多不断地向她献殷勤，乃至求爱求婚的青年贵族。开始她并不钟情于普希金，并且拒绝过他的求婚，是普希金炽烈如火的追求感动了她。一次，普希金在彼得堡的一家书店里看到一幅拉斐尔的圣母像，他感到油画布上的圣母和冈察洛娃很像——“她们的容貌简直和两颗水珠一样没有分别”。普希金想买下这幅油画送给冈察洛娃，然而油画的价格惊人，要四万卢布。这个价钱普希金负担不起，只能怅然离去。回到家里，他写了一首题为“圣母”的诗献给冈察洛娃，既排遣了心中的遗憾，也表达了对冈察洛娃的爱慕和崇拜。在普希金写给众多女友的诗中，以这样仰视的角度来讴歌一位恋人，似乎是绝无仅有。我们不妨来欣赏一下这首诗：

我不愿意用古典画家的作品
琳琅满目地装饰自己的居室，
那不过为了使客人惊奇地聆听
鉴赏家的自我卖弄的解释。

在迟缓的工作中间，我对着屋中
简陋的一角，我百看不厌的画只有一幅。
只有一幅，虽然是画，却仿佛从云层中，
最纯洁的圣母和我们神圣的救世主……

我的万千心愿都满足了。呵，是上苍
把你的容貌显示给我，
你呵，我的圣母，
你是最纯净的美之最纯净的形象。

冈察洛娃收到这样的赞美诗，当然会非常陶醉。这位被普希金认为纯美如圣母的女人，是否从此就一心一意投入诗人的怀抱，以同样热烈的爱情来回报他呢？显然并非如此，也有普希金的诗为证：

当我以臂膊环抱着

你的颀长秀丽的腰身，
并且向你激动地倾诉
爱情的誓盟，如此温存，
而你呢，却把柔软的身子
默默摆脱了我的紧抱；
亲爱的人儿，你的回答
带着一丝怀疑的微笑；
关于负心的不快的流传
你是记得那样熟悉，
你怀着忧郁和淡漠
听着我，丝毫没有注意……
呵，我诅咒我青年时代的
罪孽，那些狡狯的用心，
那多少次约会的期待，
当花园里夜阑人静，
我诅咒那爱情的低语
和诗句的玄妙的火焰；
我诅咒那些轻信的少女的
抚爱、眼泪和过迟的幽怨。

这首诗描绘的景象和心态很有意思。诗中的普希金和冈察洛娃并不是一对热恋着的，互相吸引、互相信任的情侣。面对着信誓旦旦的热烈的诗人，冈察洛娃忧郁而淡漠，原因很清楚，是因为对普希金从前的风流行为不满意。普希金如此痛切地忏悔、诅咒自己的过去，能否得到这位冷漠的情人的原谅呢？令人担忧。

这两首诗都写在普希金和冈察洛娃结婚之前，两个人的感情状态从诗中可以看出一个大概。婚后，再也没有看到过普希金为冈察洛娃写出如此动情的诗篇。倒是不断有厌倦的情绪出现在他的诗中，譬如：

够了，够了，我亲爱的！
心要求平静——
一天跟着一天飞逝，
而每一分钟
带走了一滴生命，
我们两人盘算的
是生活，
可是很快我们就会死去。
世上没有什么快乐，

但却有平静和自由。
多么久了，
是这些使我一直梦寐思求——
唉，多么久了，我，
一个疲倦的奴隶，
一直想逃往劳作与纯洁
喜悦的幽居。

冈察洛娃没有为普希金带来快乐，也没有为他带来平静。这是普希金对自己的婚姻的评论，事实也确乎如此。然而，这是谁的错呢？舆论的褒扬和同情总是在普希金这一边，因为他是一位正直的伟大的诗人，是俄罗斯的灵魂，是俄罗斯文坛的太阳。没有人会去听冈察洛娃的倾诉，由于普希金为她决斗而死，由于她在普希金死后不信守诺言很快嫁人，她似乎更加失去了为自己辩解的资格。可是不管怎样，谁也不能否认，这位美丽的夫人是普希金生命中非常重要的一部分，普希金的欢乐和痛苦、激动和忧伤，全都围绕着她。那么，是不是也可以这样说，如果没有冈察洛娃，也就没有人们现在所认识的普希金？

在访问普希金故居后不久，我看到了冈察洛娃的墓。在濒临涅瓦河的亚历山大·涅夫斯基修道院的公墓中，冈察洛娃的墓地紧靠着围墙，是一个冷僻的角落。她的墓碑和墓穴都是黑色的大理石。黑色墓碑上并没有普希金的姓氏，然而谁也不会去理会那个后来和她结婚的法国贵族，在人们心里，她依然和普希金连在一起，尽管有许多人不喜欢她。她毕竟是普希金唯一的妻子，她也曾给诗人带来爱的欢乐和激情，当然，还有忧伤和痛苦。这一切，不正是生活的真实内涵吗？

站在冈察洛娃的墓前，能听到在围墙外面缓缓流淌的涅瓦河的涛声。在人们的议论纷纷中，冈察洛娃能不能安眠呢？

长眠在地下的冈察洛娃不会回答任何问题，在她的墓前，人们体验到的只有沉默。面对这冷冰冰的黑色的沉默，谁也不敢作轻浮的联想……

1991年9月6日于四步斋

夜莺

——谈米什莱

一个研究人类社会和历史的学者，却对大自然充满了好奇，会像孩童一样睁大眼睛，仔细观察两群蚂蚁之间的争斗，留心树林里小鸟们的飞翔和歌唱，连田野里的蜜蜂和地窖里的蜘蛛也逃不过他的眼睛。他把这一切都写进了自己的散文……100多年过去了，他的那些大砖块一般的学术著作也许已经少有人问津，然而他描写动物和小昆虫的这些散文，却至今被人们喜欢和传颂着。这是多么有意思的事情!

这位人类和历史学家是19世纪的法国人米什莱。他的几十部历史著作，大概很少有哪个中国人会一一读过，但他讴歌自然的散文，生命力却是历久不衰。读他的散文，并没有使我产生遥远陌生的感觉，一切都那么亲切、那么有趣、那么生动，令人浮想联翩。看得出，他热爱大自然，热爱自然中一切朝气蓬勃的生命，他用细腻而满怀柔情的心绪，和他所遭遇、观察到的一切生命做着千姿百态的交流。他把大自然中的所有生灵都当成了朋友。在他的散文里，夜莺是孤傲而忧伤的艺术家，啄木鸟是爱劳动、爱和平的英雄，燕子是技巧高超的飞行员，也是最懂得爱情的恋人……他把动物在自然中的生存状态和生命的氛围描述得充满了诗意和人情味。他在《夜莺的迁徙》一文中有这样的抒情："天空固然昏暗，但是你可以创造一个新的天空。爱围绕着你；每个人听到你的歌声都会激动得不住颤抖；最纯真的爱心为你突突跳动……这是真正的太阳，最美丽的东方。有爱的地方才是真正的光辉。"这哪里是一个冷峻的历史学家的语言，分明是一个诗人的声音。这声音犹如夜莺的歌声，永远会有人为之陶醉。

一个历史学家，同时又是一个善于抒情的诗人和散文家，这大概并不多见。因为在很多人看来，这两者是对立的，历史学家要的是事实和冷静，并不需要激情和幻想，而米什莱却把这两者统一于一身。据说米什莱的历史著作很严谨，很忠于史实。但我相信，他的文字一定不会缺少激情，不会缺乏对人、对这个世界的爱。

1993年11月15日

鱼骨

——读海明威

曾经很喜欢海明威的小说，那种刚劲铿锵的文风，那种对世界和人生充满挑战意味的哲思，使他成为一代文豪，成为美国人引以为豪的伟大作家。

把诺贝尔文学奖授给海明威，他当然当之无愧。不过当年海明威并没有出席诺贝尔奖的颁奖仪式，而是委托美国驻瑞典大使宣读了他的一份简短的书面发言。读海明威的这篇讲话稿，可以使所有从事文学工作的人心灵为之震撼。

海明威说："写作，在最成功的时候，是一种孤寂的生涯。作家的组织固然可以排遣他们的孤独，但是我怀疑它们未必能够促进作家的创作。一个在稠人广众之中成长起来的作家，自然可以免除孤苦寂寥之虑，但他的作品往往流于平庸。而一个在孤寂中独立工作的作家，假如他确实不同凡响，就必须天天面对永恒的东西，或者面对缺乏永恒的状况。”

这是他的体验，也是所有真正有作为的作家的体验，只是海明威以理性的语言把这种体验阐述得比常人更深刻。海明威所说的这种孤寂的状态，并非与世隔绝，把自己囚禁在远离人群的小屋子里，而是指作家的一种心境，一种独立不羁的精神和人格。不追风趋时，不媚俗，不盲目从众，不违背自己的人格、感情和良心。即便是在茫茫人海中，也可以保持这种状态。是不是这样呢？

作家的写作应该是一种极具个性的创造。这是海明威对自己的要求，他也果真这么做了。这样做的代价，是创作的艰辛远甚于那些平庸的作家。不过，创造者的幸福和快感也就在这种艰辛之中。

读海明威在诺贝尔文学奖颁奖仪式上的那篇书面发言，使我想起了他的《老人与海》。所有不愿意向时尚和世俗妥协、坚持自己追求的作家，其实都和那个坚韧倔强的老渔夫一样，时时都在以自己的心血和生命与许多无形的敌人搏斗。这种搏斗，有时候看起来是一无所获，就像那个老渔夫，经历了九死一生，却只拖回来一具巨大的鱼骨……其实，鱼骨又何妨呢，那些亮晶晶、肉滚滚的鱼，人们已经见得太多太多，而一具完整的赤裸裸的鱼骨，却可以使观者产生惊心动魄的印象，这是剔去了一切伪装和虚饰的真实，是不同凡响的真实。

如果你是一个渔夫，能不能也从大海里拖起一具完整的鱼骨？

1993年11月26日

关于《瓦尔登湖》

有些书只能随便翻翻，有些书可以仔细一读，还有些书当然只是少数，能够一而再、再而三地重读。《瓦尔登湖》就是常读而不厌的书。

《瓦尔登湖》是美国作家亨利·戴维·梭罗的一本散文集。很多年前读这本书时，我被深深地吸引，从中获得的愉悦和欣喜，直到现在还有美妙的回味。

这是一本使人宁静，使人对纯净优美的自然产生无穷向往的书。作者用一种恬淡的心情，通过朴素亲切的文字，叙述了他在瓦尔登湖畔的生存和思想状态。那种对大自然的陶醉，对生命和社会的静静思索，使我怦然心动。在喧嚣的现代市声中，读到这样的文字，真是别有一番滋味。在美国，很多人是因为梭罗的这本书而知道瓦尔登湖的，久居繁华都市的人读着《瓦尔登湖》时，想象湖畔的生活就像天堂。然而真的住到湖畔的小木屋中，在寒冷的冬天独自怅望灰蒙蒙的湖面时，恐怕未必都会有梭罗这样的情绪和感受。梭罗把自己的一颗心袒露在大自然中，他的情绪完全和自然融为一体。当他在湖畔品尝着冬天的寂寞时，并不是渲染可怕的闭塞和孤独，他的寂寞是一种安闲、一种宁静、一种远离尘嚣的超然。他在山林湖泊之间思索想象着："太阳，风雨，夏天，冬天，——大自然的不可描写的纯洁和恩惠，他们永远提供这么多的康健，这么多的欢乐！对我们人类这样地同情，如果有人为了正当的原因悲痛，那大自然也会受到感动，太阳黯淡了，风像活人一样悲叹，云端里落下泪雨，树木到仲夏脱下叶子，披上丧服。难道我不该与土地息息相通吗？我自己不也是一部分绿叶与青菜的泥土吗？"……这样的寂寞，是令人神往的寂寞。对于整天在喧嚣和拥挤中忙忙碌碌的现代城市人来说，这样的寂寞是多么难能可贵。梭罗并不是一个与世隔绝的隐士，他的林中小木屋中也有各种各样的客人，他们是纯朴而聪明的伐木者，是见多识广的渔夫和猎人，也有隐居山林的智者。总之，他的客人都是一些没有被都市尘嚣污染的健康人。读《瓦尔登湖》就像是和这些有趣的人一起围着温暖的炉火，谈天说地，评古论今。这样的话题在我们的周围绝对不会有，于是你更能体会这本书的魅力。

读《瓦尔登湖》这样的书，能使你沉静下来。不过有一个前提，读者必须向往并接受这种沉静。所以我想，也许不是人人都有耐心读完《瓦尔登湖》，也就是说，并非人人都能有流连湖畔的缘分。

值得一提的是这本书自然而流畅的译文。我没有读过英文原版的《瓦尔登湖》，所以无法将两者对照，但就我读到的中文译本而言，实在是精美传神。这本书的翻译者是徐迟，我想，作为一个出色的诗人和散文家，徐迟恰如其分地把握了原作的风格，把它的精髓准确无误地传达给了中国的读者。

1994年10月

飞鸟和野草

我的中学时代是60年代中期。那时，没有现在这么多的书可供选择。不过，能在书店和图书馆里找到的书，都经过了严格的挑选，无聊庸俗的书很少有机会在少年读者中流传。在可以找到的书中，当然有大量优秀的文学著作，对于一个好读书的文学青年来说，这些书就够你读的。那时读书，如饥似渴，似乎是不加选择，只要是文学作品，拿到就读。记得有一年放暑假，我在一个街道图书馆里买了一张图书卡，一个暑假两个月时间，竟借了四十几部长篇小说，几乎是每天读一本厚厚的书。这样的阅读，有点囫囵吞枣，但是，少年时代阅读的这些书还是影响了我的人生，它们开阔了我的视野，丰富了我的知识，使我懂得了什么是真和美，什么是丑和恶，也使我对文学产生了越来越浓厚的兴趣。

中学时代除了喜欢读小说，我也喜欢读散文和诗歌。也许是喜欢散文和诗歌的缘故，我对介于这两者之间的散文诗便情有独钟。那时，我最喜欢读两本散文诗集，一本是泰戈尔的《飞鸟集》，另一本是鲁迅的《野草》。读这样的书犹如欣赏韵味无穷的音乐，其中的每一段旋律都可以让你反复回味，而且时时能品出新的韵味来。那时觉得这两本书很优美，也很神秘。作者把曲折的感情和深刻的哲理很巧妙地蕴藏在飘逸美丽的形象之中，引人入胜，也激发人的想象力。对少年来说，越是神秘的东西，越是想深入其中，试图悟出真谛。我一遍又一遍地读这两本书，也在自己的小本子上抄过，直到能背出书中的许多段落来。“文化大革命”中，《飞鸟集》和大部分文学名著一样，成了毒草和禁书，而《野草》却是极难得的一个例外，因为它的作者是鲁迅。即使是当着那些气势汹汹的“造反好汉们”，也可以堂而皇之地读《野草》。《野草》中的一些文字甚至成了当时流行的革命语录，譬如：“地火在地下运行，奔突；熔岩一旦喷出，将烧尽一切野草……”不过我还是很难将《野草》和那些激昂的政治口号连在一起。这时读《野草》，竟生出先前未有过的感想来。我在鲁迅那些优美的文字里读到的是一个痛苦的、忧伤的、充满幻想的灵魂在苦苦思索……我特别喜欢其中的《影的告别》《雪》《死火》《死后》等篇章，从那些飘逸跳跃的文字中散发出的沉重情绪，轻轻地拨动着我的心弦。那时我也曾孤独而又迷惘，当读到“我独自远行，不但没有你，并且再没有别的影在黑暗里。只有我被黑暗沉没，那世界全属于我自己……”，我的思绪怎能不随之飞舞远翔。这样的文字不会引人沉沦，而是能激起你的憧憬和幻想，诱发你的思索和想象。在萧瑟的寒冬还有什么比憧憬和思索更可贵呢！

我在崇明岛插队落户时，简单的行囊中就有《飞鸟集》和《野草》。它们陪伴我度过了艰辛寂寞的漫长岁月。那时，我曾经在诗中这样表达对这两本书的感情：“在我的天空中，有飞鸟悠长的啼鸣，它们使我的心灵生长出美丽的翅膀。在我的田野里，有野草坚忍的翠绿，它们使我拒绝黑暗和荒凉……”

直到现在，我依然喜欢读《飞鸟集》和《野草》。我常常想，倘若泰戈尔和鲁迅先生没有他们那厚厚的十几本著作，只有这一册薄薄的《飞鸟集》

和《野草》，他们同样是两个了不起的大作家。能将自己的生命和智慧化成一只翱翔的飞鸟，化成一株常青的绿草，永生在这个世界上，有几个作家能做到呢？

1994年10月

生命是曲折的

——读《钢铁是怎样炼成的》

在五六十年代，大概没有一部外国小说像《钢铁是怎样炼成的》那样，对中国的年轻人产生过如此巨大的影响。可以说，那时读书识字的人，如果没有读过这本书，就是一个非常背时、非常落后的人。“钢铁是怎样炼成的”几乎成了年轻人成长为一个坚定革命者的代用语。《钢铁是怎样炼成的》的主人公保尔·柯察金在烈士墓前的一段思索，是当时家喻户晓的名言：“人最宝贵的东西是生命。生命对于每个人只有一次。人的一生应该这样度过：当他回忆往事时，不会因为虚度年华而悔恨，也不会因为碌碌无为而羞愧，这样，临死的时候，他就能够说：‘我的整个生命和全部精力，都已经献给了世界上最壮丽的事业——为解放全人类而斗争。’”至今在我儿时的笔记本上还能找到这段话。

最初读《钢铁是怎样炼成的》，还是在读小学三年级时。那时吸引我的，并不是保尔的革命经历和百折不挠的精神，而是小说中那些有趣的故事情节，譬如他小时候和别人打架，用学到的拳击术把比他大两岁的小霸王打倒在水里。到上初中时再读这本书，对其中恋爱的情节特别感兴趣，尤其是保尔和林业官的女儿冬妮亚的初恋，使我心驰神往。对于他们两人的分手，我一直引以为憾。读到保尔和冬妮亚在铁路工地邂逅时，我非常希望已经成为贵夫人的冬妮亚和满身雪污的保尔会重叙旧情，希望爱情能战胜阶级的偏见，创造出浪漫的奇迹。但是我无法改变小说为读者设计的故事和结局。再后来，我对主人公的人生态度产生了兴趣，他的正直、坚毅和执着的性格在沉重灰暗的泥沼中发展着，闪烁出夺目的光芒。命运的跌宕多变，生活的挫折辛酸，可以使一个生机勃勃的人变得消沉颓唐，变得对生命失去爱和激情，保尔也曾经走到过这样的边缘。我很难忘记书中的一个情节：当保尔得知自己的疾病无可医治后，准备用手枪自杀，在生与死之间，他做着艰难痛苦的选择。这样的描写很感人，也很有震撼力。正因为保尔也走到过这样的边缘，作为一个成功的文学形象，他才更可信、更真实。否则，他绝不可能打动那么多读者的心。

用几句话说清楚《钢铁是怎样炼成的》在我心中留下的印象，是一件困难的事情。也许，现在的年轻人读这本书时不会再像我们年轻时那样激动，但我相信，保尔这样的文学形象，他的生命力并没有消亡。因为塑造这样的形象，并不是凭着几个简单的概念，并不是几句空洞的口号，其中有血有肉，有真情的泪水和发自灵魂的叹息。这本书展现的，不仅仅是一场战争或者一场革命的历史，也是一个普通人曲折的命运。小说告诉人们：生命是美好的，也是曲折的。这就是他的生命力之所在。

作者奥斯特洛夫斯基几乎是在失明的状态下写出这部小说的，小说取材于他自己的生活，这就更使得这本书有一种真实和传奇交织的动人色彩。我一直珍藏着一枚纪念奥斯特洛夫斯基的苏联邮票，邮票上，作者目光炯炯，这是盲人特有的那种目光，这样的目光使他胸前的勋章失色。前几年在莫斯科，我专程去看奥斯特洛夫斯基的墓地，但是那天墓地关门，只能透过墓地围墙的铁栅栏，远眺一大片林立的墓碑。陪同的俄罗斯作家告诉我，在奥斯特洛夫斯基的墓地上，还常常有俄罗斯人奉献的鲜花。这些鲜花的含义和它们表达的心情，我完全可以理解。

1994年12月

扉页上的记忆和感念

——藏书题跋

书房里共有七个书架，已经全部放满。再有新的书进门，只能堆在地上或者椅子上。面对数不清的书，可以寻找到数不清的快乐。有些书，从买来到现在，一直没有机会去读；有些书，却常常忍不住要拿出来翻翻。一本书，就会有一个只有我自己知道的故事。有时候来了兴致，总喜欢在书的扉页或者书的其他空白处写上一些文字。这些题跋，其实是很个人的情致和思绪，而且是零碎片段，并不成文。

《普希金抒情诗一集》题跋

《普希金抒情诗一集》和《普希金抒情诗二集》

曾经是我青少年时代非常珍爱的两本书。我从这两本书中认识、了解并喜欢上了普希金。这种喜欢，一直延续到现在。在中国翻译出版的无数种普希金诗选中，这两本无论是翻译、编排还是书的封面装帧，都是出类拔萃的。

在“文化大革命”中，我曾拥有的这两本书被抄家的“好汉们”投进了烈火，看着它们被无情的火舌舔为灰烬，我心如火焚……

大概是在70年代末，与好友罗达成（当时为《文汇月刊》副主编）谈及我对这两本诗集的怀恋，罗兄笑道：“我正好有多余的一套，以前在旧书店淘来的，送给你吧！”罗兄言而有信，几日后果然给我送来了这两本书。令我惊喜的是竟和我当年痛失的那套是同一版本，而且，书品远比我那两本几乎要被翻烂的书要好，就像新的一样！

1993年岁末于四步斋

《普希金抒情诗二集》题跋

关于这两本书的封面，说几句。

在中文版的普希金诗集中，我以为这两本是封面设计最好的一种。窗前是诗人的剪影，窗外是萧瑟的秋枝，弥散着一种幽远而又忧伤的情境，是普希金许多诗作中的意境。前年出访俄罗斯，在圣彼得堡参观普希金故居，流连于他的大书房中时，充满我脑海的，就是此书封面上的情景……

前几年，有幸结识此书的封面设计者西厓先生，一位几乎被世人遗忘的老画家。在三四十年代，他的木刻和漫画曾名满天下。然而进入50年代后，他的名字却突然消失。他是无数蒙受冤屈的不幸者中的一个，几十年中被剥夺发表画作的权利，复出后亦被势利者们轻慢。我看了他近几年创作的所有画作，钦佩惊奇不已，他完全具备了一个大画家的风格和水准。在30多年前就能画出如此意境的诗集封面，岂非大家！

1993年12月8日

《波斯人信札》题跋

在文化荒芜的年头，孟德斯鸠的这本书陪伴

我度过了很多寂寞的时光。孟德斯鸠以严肃理性的《法意》著称于世，《波斯人信札》和《法意》是完全不同的面孔。一个写《法意》的学者，会写出《波斯人信札》这样的小说，真是一件很奇怪的事情。我想，较之《法意》，这本书更容易为大多数读者接受。当初读这本书，开始只是被书中奇特的情节吸引，这类后宫故事，对现代人来说，是《天方夜谭》的另一种版本。当年，在乡村插队落户的岁月中，就着油灯昏暗的微光读这样的故事，感觉是极其奇妙的。孟氏不仅以他独特的故事把我引进一个陌生神秘的世界，也以他流畅严谨的文字陶醉了我。我相信，《法意》这样的著作将成为历史的一种严肃而枯燥的注释，现代或者后代的普通读者不会对它感兴趣，它只能放在学者专家的案头以备查考。而《波斯人信札》却会永远使人产生浓厚的兴趣，不管世界上是不是还有书中描绘的那种与世隔绝的后宫。这使我想起中国的钱锺书，作为学者，他已经著作等身，这等身的著作，一般的读者大多不会去读，但他的小说《围城》却是家喻户晓。

当年读这本书时是偷偷摸摸的，因为有人认为这样的书有点“黄色”。现在重提往事，有点像说笑话了。

1994年8月9日

《猎人笔记》题跋

书已经如此破旧，扉页早就不知去向，只能把字写在正文的书眉上了。

最初读这本书是30年前的事情了，书页中留有我少年时代的指痕。这本书使我了解并且喜欢上了屠格涅夫。我无法忘记他在书中讲的那些故事，无法忘记他笔下的俄罗斯大自然。这是从一个健康的、生机勃勃的、对生命和大自然充满了爱的人心中流出的一条河，这条河中奔腾着清澈湍急的流水，挟带着树林、草原的气息和野花的芬芳，使我情不自禁地追随着这流水走向远方。我可以想象，当初他是怎样以这本书轰动了俄罗斯文坛。前几年访问俄罗斯时，曾在屠格涅夫生活过的森林和草原中散步，感受与屠格涅夫笔下的气息和氛围十分吻合，尽管时间已经过去了一个世纪。

现在再读这样的书，也许会嫌故事和描述的节奏过于缓慢。究竟是现代生活的节奏已和一百年前的俄罗斯完全不同，还是现代人已经少有了前人的那种闲适和沉静，少有了感受人生和大自然的那份精细和缜密？

1994年8月10日

《擂鼓集》题跋

这是陈山的一本诗集，很多年前在旧书店里淘得的。

陈山在五六十年代曾经是很活跃的一个诗人，但我并不认识他。他和当时的很多诗人一样，用诗句讴歌现实生活，把很多并不值得庆幸的现象诗化、理想化。但我并不怀疑他在诗歌里表现出的激情是虚伪的。这是时代的产物，大多数人都无法超越自己所处的时代，诗人当然也不例外。比起当时很多既空洞浮夸，又缺乏艺术魅力的所谓诗歌，《擂鼓集》还是值得一读的。不过，这样的诗现在读起来仿佛已经是隔了一个时代，想要让读者从中产生什么共鸣，是不可能了。

我买这本书的原因，是诗集的扉页上有诗人的签名，这是他送给朋友的一本书。我无法知道这本书为什么会来到旧书店，是书的主人在“文化大革命”中被抄家，致使这本诗集无可奈何地到了旧书店，还是陈山的这位朋友认为这本书再无保留价值，把它送到了废品回收站？或者还有其他什么我无法想象的原因。如果我是陈山，发现自己送给朋友的书出现在旧书店，会怎么想呢？大概也就付之一笑吧。写书的人指望自己的书千古不朽，当然是痴心妄想。但如果发现自己曾非常珍重的友谊被人以这样的方式出卖，也许会有些悲凉。

1994年8月19日

《拜伦传》题跋

一个20世纪的日本人，写18世纪英国诗人的传记，会写得怎么样？而且，在法国的传记大师莫洛亚写过《拜伦传》之后，要写一本新的拜伦传记，实在需要一点勇气，这勇气如果不是以渊博睿智作为基础，那便可能是无知和愚蠢了。在读这本书之前，我持怀疑的态度。读完全书，我才改变了看法。鹤见佑辅不愧为一个出色的传记作家，他有叙述故事的能力，不动声色，却将曲折的事件描绘得跌宕起伏、错落有致，使读者的情绪沉浮在传主的命运波涛中。作为一个伟大诗人的传记，这本书写得很简略，这大概也是作者无可奈何的事情，毕竟隔着遥远的距离，不能凭空杜撰无法了解的一切细节。但这本书有着莫洛亚所没有的激情，这激情打动了我。

传记作品有两种不同的风格。一种是纯客观的叙述，作者几乎不流露自己任何的感情色彩，也不随意发挥自己的褒贬评价，这些作品的传主往往是一些有争议的人物。另一种风格是作者并不掩饰对传主的爱憎好恶，在叙述事实的同时也不时流露自己的情绪，这样的风格有时会影响作品的真实性，但对读者来说，这样的作品往往更有感染力。《拜伦传》大概是介于两者之间的另一种风格。不能否认，鹤见佑辅是成功的。

1994年8月19日

《音乐的解放者悲多汶》题跋

这是一本大16开的毛边书，印于1946年，作者R.H.夏弗莱，翻译者彭雅萝，由上海悲多汶（悲多汶，即贝多芬）学会出版。这本保存了将近半个世纪的书完好如新，只是纸张已经泛黄。今年年初得到它时，书页还未曾裁开。可以说，这是一本古老的新书。

送这本书给我的，是一个名叫周贤能的读者。一次我在书店签名售书，他来买我的书，还带来了一些外国邮票，多为音乐家和文学家的纪念邮票。他说："读过你的文章后，知道你喜欢音乐，以后我送一本和音乐有关的书给你。"想不到他后来竟给我送来这么珍贵的一本书。在书的扉页上，他为我抄写了贝多芬的一段话："我们这些精神上无限而生命有限的人，就是为了痛苦和欢乐而生的。几乎可以说：最优秀的人物通过痛苦才得到欢乐。"这是我很欣赏的一段话。

这是一本评传性质的传记。写了贝多芬的一生，对贝多芬的音乐有不少专业性很强的评价，附有很多乐谱的片段，对一般的读者来说，太专业了一点。但其中附录的一些照片，一些贝多芬书信的手迹，会使所有的读者都产生兴趣。

读这本书，不仅使我了解贝多芬，也使我不断重温着读者赠予我的美好情谊。

1994年10月9日

《论音乐的美》题跋

这也许是一本过时的书。作者爱德华·汉斯立克，德国人，19世纪的音乐理论家。写这本书时，他只有29岁。中国的译者把这本书称为“近代资产阶级唯心主义音乐美学的代表性著作之一”。

这本书中的观点和我对音乐的看法差距甚大。作者认为“音乐的内容就是音乐的运动形式”，而否认情感对音乐的影响。我一直认为，音乐是人类感情的一种最为奇妙、最为美丽的宣泄和流露。音乐对人类的贡献在于它丰富了人类的感情，激发了人们对美好事物的憧憬和幻想。音乐就像润滑剂，润滑着人类干涸焦灼的心灵。很难用理性的目光去剖析音乐。而汉斯立克却以他的理论阐述着奇怪的观点，即音乐不需要感情，只是一种用音符构成的形式，这种形式也就是内容。而音乐所引起的激情，在他看来是一种病态。何等奇怪的观点！

不同意书中的观点，但可以读一下，看看一个恃才傲物的理论家怎样将一种荒唐的理论编织得精密而雄辩。可以确信的是，作曲家和演奏家们是不会根据这样的理论来作曲和演奏的。

汉斯立克有很多关于音乐的著作，如《音乐的驿站》《现代歌剧生活》《德意志作曲家画廊》《音乐和文学事物》，很想读读这些书，可惜没有中译本。我想，四五十岁之后，他的观点会不会有一些修正呢？

1994年11月2日

《陈敬容选集》题跋

那是1983年深秋的一天，我意外地收到了作者寄赠给我的这本书。我不认识陈敬容，但她的名字我并不陌生，我熟悉她的诗歌，她是40年代“九叶诗派”中很著名的一位。

这使我很系统地读了她的作品，也了解了她的思想和为人。我很喜欢她的诗歌和散文，尽管她写得不算多。从她的诗文中可以感受到，这是一个心灵世界丰富美丽的女人，是一个很纯粹的诗人。在这本书中，她用钢笔亲手改动或增删的地方有二十多处，有时增加几个字，有时是改动一个标点，或者是加上写作年代和地点。我想，光是在书上做这些改动，就要花费大半天时间，送书给一个素不相识的年轻人，竟也这么一丝不苟，可见她是一个多么认真的人。

此后，常和她通信，我也将自己的新著寄给她。她陆续寄来了她这些年中所有的著作。1985 年春天，在出席中国作家协会第四次全国代表大会时，终于和她见了面。感觉这是个内向的老人，岁月的风沙和命运的磨难在她的心灵中留下了创伤。然而只要读到她新作的诗歌，我就会体会到她热情洋溢的诗心，被她在诗中展示的美妙心画所感动。

陈敬容已经离开人世多年，重新展读她的选集，颇多感慨。也许很多人已经不熟悉这个名字，但是，如果能读到她的诗文，一定也会被她的热情和幻想感动的。而我，面对着她为我留在书上的一丝不苟的笔迹，面对着扉页照片上她年轻时温馨优雅的微笑，总是会默默地想：真诚的人和真诚的诗，她们的魅力和生命力是永远不会暗淡的。

1994年10月22日

《图象与花朵》题跋

这是湖南人民出版社80年代初期出版的“诗苑译林”丛书中的一种，是法国诗人波德莱尔和奥地利诗人里尔克的合辑，译者为陈敬容。书是译者所赠。

这是很好的一本翻译诗集。陈敬容自己是很出色的诗人，将外语诗歌转化为中文，她当然会比一般人做得好。书中波德莱尔的不少诗歌以前也曾有过多种译本，但我以为陈敬容的翻译诗味很浓，自然、流畅，能从中体会到原作的意境。书中译者亲自用钢笔指出多处错误，陈敬容的严谨和认真由此可见。

我一直认为，诗歌很难翻译，甚至可以说，有些诗歌根本无法翻译。一般而言，诗人只为同一语种的读者写诗，如果翻译成其他文字，就会失去诗作特有的语感、音乐感和意境。譬如西方人翻译唐诗宋词，怎么可能转换原作那种凝练而富有音乐感的语言，怎么可能传神地表达出原作幽深的意境呢？有些意境必须通过特定的汉字来表达，翻译成外语，完全可能走样成一段不相干的文字。另外，有些翻译者并不会写诗，也不懂诗，他们怎么可能将其他语种的诗歌翻译好呢？这也就是我们读很多闻名遐迩的外国诗歌时，会产生“不怎么样”的感觉的原因。

所以我想，诗歌的翻译者，自己最好也是诗人。

1994年11月4日于四步斋

《早恋》题跋

很多年前，读屠格涅夫的《初恋》，他所描绘的少年人那种朦胧而真诚的爱情使我惊叹。屠格涅夫不愧为大师，把书中人物微妙复杂的心理刻画得精微而合乎情理。这样的情景和心理，绝不是每个作家都能写出来的。我相信少年时代的屠格涅夫也许有过类似的经历。

肖复兴的《早恋》大概是中国当代文学中把这类题材写成长篇的少数几个之一。对当今少男少女这方面的生活，听到的议论很多，但很少见到有作家写出像样的作品。复兴写这本书是在80年代中期，在当时可以说是闯入了一个禁区，非常不容易。后来接触不少中学生，都是这本书的读者，他们告诉我，中学生都喜欢这本书，尽管有些中学生觉得肖复兴写得“不过瘾”。中学生对《早恋》的着迷也波及我的成人朋友。有一天，剧作家宗福先跑来向我借《早恋》，说是他做医生的妻子想看这本书，而书店里却买不到。还给我时，书有了很漂亮的外套，宗太太不愧是一个爱书者。此后，又有一个小朋友借走了这本书，小朋友读完之后，又将书转借给他的朋友，听说它曾在一群年轻人中传阅。书最后回到我手中时，已经有点旧了，看得出，书页上留下了很多人翻阅的痕迹，然而书还是被包得好好的，只是已经换了一张新的包书纸。一本书能够使这么多人产生阅读的兴趣和欲望，这就足以使作者感到欣慰了。

80年代中国中学生的早恋和19世纪俄罗斯贵族

少年的初恋完全是两码事。屠格涅夫的《初恋》是人的本性的自然流露，而肖复兴的《早恋》则多少反映了扭曲的社会对少年人情感生活的干预。两种现象都很复杂，然而却是两种完全不同的复杂。肖复兴能写出《早恋》并不是偶然的事情。我看过他和很多中学生的通信，他对少男少女的那种真挚、热诚和耐心使我感动，我想，恐怕大部分作家都难以做到这样。对置身于浮躁氛围中的文学家来说，这样的感情尤其珍贵。

1994年11月5日于四步斋

《小巴掌童话》题跋

张秋生以儿童诗出名。这几年常看到他写童话，写得很别致、短小、生动，总有些与众不同的想法。难能可贵的是，有趣的故事常常蕴含着有趣的哲理，而这些哲理大多深入浅出，绝无说教的腔调。他把这本书送给我的儿子，当时读二年级的儿子读完了其中所有的故事。我问他写得怎么样，儿子回答，挺有趣。

能将童话写到这样，不是一件容易的事情。写这样的童话，先要有一颗对孩子的爱心，而且必须十分了解孩子们的兴趣和心情。和张秋生接触得并不多，感觉他是个温和、不怎么爱说话的人。在《小巴掌童话》里，看到了他的一颗晶莹活泼的童心。

1994年11月6日于四步斋

《最初的蜜》题跋

有的书装帧精美，却没有精彩的内容，这样的书虚有其表；有的书内容非常出色，但包装却十分俗气或者寒酸。在我的书架上，两种书都有。让我选择的话，当然是选后者。不过，用现代人的眼光看，好书没有好的装帧，多少也是一种遗憾。曹辛之的诗集《最初的蜜》，这两种遗憾都没有。

曹辛之是一位老诗人，也是“九叶诗派”中的一叶。当年，他曾以杭约赫为笔名写过不少诗。那时他还是个二十出头的青年，激情洋溢，奇想翩跹。

“把握一线光、一团朦胧，让它在这纸片上凝固。凝固了你的笑、你的青春。生命的步履从这里再现，领你去会见自己……”这样的诗句写于50年前，现在读来仍然魅力不减。这使人想起了陈年的老酒，时光流逝，竟酿出了美妙的奇香。可见真挚的感情是不会过时的。《最初的蜜》汇集了曹辛之诗作的精华，是一本耐读的诗集。

曹辛之也是中国的书籍装帧大家，曾经为很多好书设计过令人难忘的封面。这本书当然是他自己的设计，给人的感觉是朴素、精美、大气。封面是古朴的红线稿笺，很古典的风格；封底却是西洋的情调，天青的底色上有白色的拼音和简练的图案；内文的排列也与众不同。这样的书拿在手上，就是一种艺术的享受。

一个常常出书的人，看到《最初的蜜》这样的书，情不自禁地会产生一种羡慕感。我和辛之先生是忘年之交，每次见到他，总想开口请他为我的书设计封面，但又不忍增加他的负担，所以总是没有说出口来。

1995年1月3日于四步斋

《袁鹰散文六十篇》题跋

这是袁鹰赠我的第十一本书。在此之前，他还曾赠我《风帆》《秋水》《横眉》《袁鹰散文选》《袁鹰儿童诗选》《留春集》《风雨故人》等。这些书中，这本《袁鹰散文六十篇》是我很喜欢的一本。

袁鹰是我敬重的散文家前辈，我的文学创作曾经得到过他热情真挚的指导和帮助。20年前，我还是一个年轻的文学爱好者，经一位好友介绍，认识了他。他和我心目中的大作家完全不一样，没有架子，待人诚恳亲切，是一个温和善良的忠厚长者。那时，“文化大革命”还没有结束，“四人帮”还在肆虐横行，他的情绪也有些压抑，但是，在我们这些文学青年面前，他竟毫不掩饰对这些“新贵”的厌恶和反感。他在福州路的一家饭店请我们吃饭，讲40年代的往事，然后又一起到外滩散步……这些往事，直到今天还清晰地留在我的记忆中。后来，袁鹰一直关注着我的创作，经常给我鼓励和帮助。我的第一本书——诗集《珊瑚》，就是他为我写的序。在这篇序文中，他一点没有摆文坛前辈的架子，而是像一个老朋友一样在和我谈心，谈他对诗和文学的看法。现在读他十几年前写的这篇序文，我依然非常感动，从他那些充满智慧的文字中流露出的真诚的期望和深挚的感情，曾经给了我怎样的鼓舞和温暖！

1995年2月26日

《雕塑家传奇》题跋

徐开垒先生不仅是我尊敬的散文家，也是帮助和引导我走上文学之路的师长。我最初发表作品，就是在他主编的《文汇报》的副刊“笔会”上。20多年前，我还在故乡崇明岛插队落户，是一个未见过世面的幼稚青年，他无私地向我伸出了热情的手，在“笔会”上，用很多篇幅发表我的习作，还经常就我的创作谈他的看法，提出中肯的意见。他会为一篇散文写一篇长信，很具体地提意见，使我获益匪浅。和袁鹰一样，开垒先生也是一个平易近人的长者，也一直把我看作他的朋友，从开始交往至今，他从来没有居高临下地对待我。很多年前，我住在离上海文汇报社不远的一间密不透风的小黑屋里，开垒先生有时会突然来看我，使我感动得不知说什么才好。他的谦虚和真诚是发自内心的，和他交往过的文学界朋友都仰慕他的高尚人格。我至今仍保存着他写给我的那些信。我想，在我的人生和文学创作的道路上，如果没有遇到这样热心的前辈师长，大概也不会有今天。这一切，我怎么能够遗忘！

开垒先生几乎把他的一生都贡献给了报纸副刊的编辑工作，他是一位真正的“资深编辑”，一位有成就的“老报人”。同时作为一位散文家，他的创作成果也令人瞩目。最近几年，他又写出了《巴金传》，引起广泛的注意和评论。在我的书橱中，有他赠我的七本书《孟小妹》《圣者的脚印》《鲜花和美酒》《笼里》《巴金传》（上、下卷）和《雕塑家传奇》。《雕塑家传奇》是人民文学出版社于1981年12月出版的他的一本散文选集，开垒先生在1982年3月赠予我。这是我很喜欢的一本书，曾经放在案头常读。柯灵先生在这本书的序文中有很精辟的评论：“我们从这里看到了作者的爱和憎，欢乐和哀愁，美好的愿望和理想：一颗正直和质朴的心。”

1996年1月16日

《普希金抒情诗集》题跋

这是这本诗集的初版本，1955年由平明出版社出版，译者是查良铮，是普希金诗选中我最喜欢的一种。此书虽是旧书，但属于我的日子并不长。在60年代，我曾有过一本相同版本的《普希金抒情诗集》，然而“文化大革命”开始后，这本书和不少我喜爱的其他外国文学名著一起被投入烈火。我为此一直耿耿于怀。80年代后，有多种重版或新版的普希金抒情诗选，然而我仍然怀念这本诗集。此书的封面上有诗人的塑像，90年代初我出访俄罗斯时，曾在莫斯科街头见到这尊塑像，普希金身披风衣，扪胸垂首，凝视大地，作着永恒的思考。面对诗人的塑像，我又想起了那本被烈火吞噬的书。

去年，上海译文出版社建社20周年，约我为他们的纪念集刊写一篇文章，谈谈对文学翻译的看法，我撰文谈了对普希金诗歌的想法，其中写到了我珍爱的那本《普希金抒情诗集》。文章在《新民晚报》发表后，我收到了一封未署名的读者来信，随信附寄来了这本书。这位读者在信中这样写道：“在晚报上读到你的文章，知道你喜欢普希金的诗，今寄上《普希金抒情诗集》，送给你，请查收。”从字迹看，似是一位老人，此书虽历经40余年，却完好如新，只是纸张有些发黄，封面和封底有一些霉点。可以想象，这位读者40多年来是如何爱护这本书。收到此书，我非常感动，遗憾的是无法向这位读者道谢。

这本书于我有了特殊的意义，既能引起我对青春岁月的回忆，也使我感受到读者的深情厚谊。

1998年5月22日

《屠格涅夫散文诗》题跋

1988年4月21日，我去看望巴金，临走时，他拿出此书签名赠我。这是巴金译著中的一种，1987年由人民文学出版社出版，是巴金赠我的多种著作中的一本。

书中的文字，我很早以前就读过，并且为之感动。我以为，屠格涅夫的这些散文诗，魅力甚至超过他的小说。人类的智慧和感情，以美妙的方式闪烁在这些文字里。它们将优美和沉重、哀愁和欢乐，将憧憬和忧虑、爱和恨奇妙地交织在一起，使人情不自禁地发出意味深长的叹息。

巴金在40年代就翻译了屠格涅夫的这些散文诗，这次重印时，他又对原来的译文做了精心修改。他的译文无疑是出色的。

1998年8月22日

《莱蒙托夫传》题跋

此书出版于1949年，由时代出版社出版，作者安德朗尼科夫，译者朱笄。这是一本简洁明了的传记，以诗人短暂一生中的大事件为骨干，简略地叙述生平，没有作者的虚构和想象，也没有过分的描绘和渲染，和时下的不少传记和纪实文学大相径庭，然而读来却给人可信的感觉。莱蒙托夫是我喜欢的一位俄罗斯作家，上中学时，我就读过他的很多诗歌和长篇小说《当代英雄》，我曾经想过，如果他不是在27岁的时候死去，不知道还会写出一些什么作品来。这样的作家是能够改写文学史的。我很有兴趣读一读传记中写诗人决斗致死的情节，然而作者却写得极为简略，这和整部传记的写作风格相符合。普希金与人决斗身死之后，莱蒙托夫曾以长诗《诗人之死》发出悲愤的呐喊，也因此声名大振，踏上文坛。然而他竟会和普希金一样以决斗致死。对普希金和莱蒙托夫之死，苏联的文史家都说是沙皇和上流社会的蓄意谋杀。俄罗斯人这么看这两位诗人的死，更多的是从政治和历史的角度看问题。我想从这本传记中读到关于诗人性格的分析，读到更接近真实的描绘，然而没有。这大概也是那个年代的传记作者的局限。与莱蒙托夫的才华和文采相比，这样的书当然显得有些枯涩，然而以此来了解诗人却是一条捷径。后来我也读过别的莱蒙托夫的传记，不是安德朗尼科夫写的这本。不知此书50年前印行后是否有机会重版。

此书是读者周贤能所赠。这位热心的读者曾经将他收集的一批俄罗斯文学名著的旧版本拿来送我，这是其中一本。他从上海旧书店购得此书，扉页上有“华东话剧团资料室”的图章，书后还有原来的借书卡，借还记录上有两位读者的名字。这样，除了这两位读者，加上周贤能，我大概是第四个读者。一本书，有四个人认真阅读，也算是物有所值了。

1998年8月27日于四步斋

我喜欢的十本书

一家刊物要我为读者推荐十本书，并简单说明一点理由。答应了，却发现很难落笔。然而后悔已晚，只能硬着头皮海里觅珍了。

从浩瀚书海中挑出十本书来，实在是一件费神的事情。因为我喜欢的或者说我认为非常值得一读，并且可以反复读的书，绝不止十本。这样的推荐无法不带一些随意性，它们只能反映我作为一个读者的个人偏好。

1.《唐诗三百首》孙洙编选。

识字的中国人都应该读这本书。熟读或者背诵这些流传千古的诗篇，你会懂得中国语言和文字的魅力，以最简洁凝练的文字，表达最奇丽璀璨的感情和思想。

2.《红楼梦》曹雪芹著。

这部小说写了人世间所有的酸甜苦辣，每种滋味都描绘得淋漓尽致。虽然是过去的时代，但却处处能使人联想到现代。这是人类最伟大的小说之一。

3.《堂吉诃德》塞万提斯（西班牙）著。

人类虚构文体中一次绝妙的创造。在一个不可能存在的人物身上，叠现出任何时代都可能重复的精神。

4.《复活》托尔斯泰（俄国）著。

托尔斯泰的书都值得一读，《复活》只是其中一本。人生的轨迹是多么曲折，当生活和命运击碎了幻想的气球，下坠时，你要抓住的是什么？

5.《马背上的水手》欧文·斯通（美国）著。

这是杰克·伦敦的传记。喜欢这本书并不等于认为杰克·伦敦是最杰出的作家，而是这位奇人人生旅途中的惊涛骇浪震撼人心。

6.《飞鸟集》泰戈尔（印度）著。

一个人和自然奇妙的融合。通过自然的声音和形象传达出深远美妙的哲理。这样的传达方式使许多哲学家枯燥的说教相形见绌。

7.《野草》鲁迅著。

灵魂的追寻和挣扎找到了一种优美曲折、引人入胜的途径。如果只写了这一本薄薄的书，鲁迅也是一个了不起的作家。

8.《随想录》巴金著。

读《随想录》常使我想起卢梭的《忏悔录》。如此真诚地评说历史，如此无情地解剖自己的灵魂，在当代中国作家中，有几个人有这样的勇气？

9.《瓦尔登湖》亨利·戴维·梭罗（美国）著（*Walden*, by Henry David Thoreau）。

一本可以使人拒绝浮躁，走向宁静的书。

10.《西方的智慧》罗素（英国）著（*Wisdom of the West*, by Bertrand Russell）。

值得深入阅读的西方哲学著作有不少，这是我喜欢的一种。以智慧、豁达、平和的态度向世人阐述西方哲学的历史，犹如不慌不忙描绘出一条波澜壮阔的思想大河。

1995年11月7日于四步斋

含泪的诙谐

很多年前，我曾陆陆续续读过犹太作家肖洛姆·阿莱汉姆的一些中篇和短篇小说，感觉这是一个心情压抑的作家，他叙述的故事带着苦涩和酸楚，传达出人生的无奈和悲凉。我曾经想，这样的作家一定曾经饱受磨难，经历过人世的沧桑，生活对于他来说是一场灾难，他向人们描绘这场灾难的同时，大概也宣泄了心中的愁苦。读这样的小说是一件累人的事情。所以后来看到他的书，我总是不太有兴趣去细读。最近读到姚以恩翻译的《莫吐儿传奇》，它使我改变了对肖洛姆·阿莱汉姆的看法。

《莫吐儿传奇》是一本写给孩子看的书，反映的是一个世纪前生活在俄国的犹太人的生活。这是穷人的故事，是交织着贫困饥饿、疾病灾祸和颠沛流离的故事。这样的故事离我们很遥远，然而这本书却吸引了我。为什么？因为肖洛姆把这些辛酸的故事写得十分有趣，诙谐的气息从头至尾笼罩着全书。一个不谙世事的孩子，以他天真的眼光和稚憨的语气，叙述议论着他所经历的种种灾难。以成人的眼光来看，有些事情是苦不堪言的，然而莫吐儿却不这么看。他的父亲病入膏肓，没钱治疗，母亲不得不变卖家具和书，莫吐儿好奇地观察着交易的过程，所有的事情他都觉得新鲜有趣。睡觉的床和沙发也卖了，他和哥哥只能睡在地上。面对着空空荡荡的家，莫吐儿快乐地在地上打着滚，还发出这样的感叹："这会儿地方可够啦。多宽敞啊！多自在啊！简直是天堂！"父亲死了，莫吐儿成了孤儿，他再也不能上学，也不用再做祷告，不能再到教堂里去唱诗。"无忧无虑。我真走运——我是孤儿！"这样的反话正说，通过一个孩子之口，使人在发笑的同时感受到更深的悲哀。难怪当年高尔基读了这部小说后，在给肖洛姆的信中这样说："读了以后我笑了也哭了。真是一本绝妙的好书！……这本书我非常喜欢。再说一遍，这是一本了不起的好书。整本书都洋溢着对人民的深厚、亲切而真挚的爱。"

“我笑了也哭了。”高尔基大概道出了大部分读者的感觉。肖洛姆的幽默是含着眼泪的微笑。这样的幽默曾使当时的俄罗斯大作家们都深受感动，列夫·托尔斯泰、库普林和柯罗连科都非常欣赏肖洛姆的才华，而且成了他的朋友。肖洛姆的作品用的是意第绪语，但这并没有妨碍它们的流传，当时就有人很快将它们翻译成俄语，这使俄罗斯人都认识了肖洛姆。肖洛姆生在乌克兰，生活在俄罗斯，但他过的是纯粹的犹太人的日子。我想，用第一人称写的《莫吐儿传奇》，应该有不少作家的自传成分在其中。在肖洛姆的时代，大概还没有哪个作家如此真实生动地描绘出犹太人的生活。肖洛姆晚年移民美国，生活环境的变化并没有影响他写作的风格。就像蒲宁，到美国后，写的依然是俄罗斯的生活，作品中抒发的也依然是俄罗斯人的感情；而肖洛姆还是用意第绪语写作，还是写犹太人的生活。美国的出版商把他的作品以更快的速度和更广的空间向世界传播。肖洛姆这个名字至今还是犹太民族的骄傲。

肖洛姆的作品曾被翻译成六十多种文字，我不知道他的作品有多少被翻译成了中文，大概不可能是全部。姚以恩的译本是很传神的一版。记得翻译家万紫曾翻译过不少肖洛姆的小说，南昌的《百花洲》曾发表过万紫的译文，并出版过单行本。我想，如果有机会读肖洛姆的其他小说，我再也不会轻易放弃。

1998年7月4日于四步斋

鸟儿飞去又飞来

说一本书能影响一个人的一生，或者改变一个人的性格和生活，那大概有些夸张。不过在人生的旅途中，确实会有一本或者几本书，可能在你的心灵中留下美丽的烙印，留下悠长的回声。对一个喜欢读书的人来说，有什么回忆能比这样的经历更为美妙呢！

在读初中的时候，我得到一本由郑振铎翻译的《飞鸟集》。泰戈尔那些简短、优美而又含义深长的诗句像磁铁一样吸引了我。尽管有些诗句的含义我还不怎么理解，尤其是那些闪烁着神秘之光的叹息，但我还是为之痴迷。我在小本子上抄录自己喜欢的段落，并且把它们背下来，觉得其乐无穷。我是从《飞鸟集》认识泰戈尔的，后来又读过他的许多作品，然而最喜欢的还是《飞鸟集》。人类对大自然的观察和想象，对生命的思索和憧憬，对爱情的讴歌和哀叹，在这本薄薄的小书中被表达得那么缤纷多彩，那么意味深长。我由此而懂得，在一颗充满爱的心灵中，可以产生出何等美妙的思想。

“文化大革命”初期，“破四旧”之风席卷中国，几乎所有古今中外的文学名著都成了“毒草”。上海街头到处有焚书的火和烟。在一次抄家中，我的《飞鸟集》和许多文学书籍一起，被几个“造反队员”投入火堆。我眼睁睁地看着那绿封面的《飞鸟集》被金黄的火舌烧焦，烧成了灰烬。当时的感觉，是一件心爱的宝贝被人毁灭，是一个亲近的朋友被人谋杀。再看看火光中烧书者那几张笑嘻嘻的脸，心里想到的是《飞鸟集》中的句子：“当人是兽时，他比兽还坏。”

书可以被烧成灰烬，那些已经铭刻在心里的诗句，却是任何人也夺不走的。当狂暴的口号在周围喧嚣时，我经常独自默诵《飞鸟集》中的句子，从中得到平静和安慰。我常常默诵的句子中有这样一段：“人类的历史在很忍耐地等待着被侮辱者的胜利。”这种默诵是一种旁人无法知晓的快乐。

在失去《飞鸟集》大约一年之后，有一次去旧书店闲逛，我竟然在一批出售的旧书中发现了一本《飞鸟集》。和我同时发现这本书的还有一个十几岁的小女孩。她没有争夺，微笑着把这本《飞鸟集》让给了我。我拿着书去付款时，收钱的营业员吃了一惊，她失声自语道："怎么搞的，谁把这样的书放出来了?"没容这位面孔严肃的中年妇女继续追问，我已经夹着书一溜烟离开了书店，就像是一个偷了书的窃贼。那个将《飞鸟集》让给我的小女孩，使我难以忘怀，她的表情既天真又开朗，而且熟悉泰戈尔（在60年代，泰戈尔在中国的名气远没有现在这么大）。尽管和这个小女孩没说几句话，但以后只要读《飞鸟集》，我就会想起她。她在我的记忆中似乎成了一种希望的象征。

对失而复得的《飞鸟集》，我当然特别珍惜。当年去插队落户时，我简单的行囊中便有这本书。在农村孤寂而又漫长的岁月中，《飞鸟集》是我百读不厌的书。这真是一本奇妙的书，不管在怎样的环境中，不管以怎样的心情去读，我都能从中领悟到新鲜的意境。烦躁时读，它使我平静；平静时读，它又使我心驰神游。少年时代感到神秘深奥的那些段落，此时似乎都能使我产生心灵感应。我也开始在烛光下写一些诗文。在我的笔记本的扉页上，抄录的是《飞鸟集》的片段："静静地听，我的心呀，听那世界的低语，这是它对你求爱的表示呀。"

关于《飞鸟集》的这段往事，我在70年代末写成了散文《小鸟，你飞向何方》。这篇散文在当时曾产生较大的影响，并被收入国内外的很多散文选集和大、中学文科教材。使我欣慰的是，很多读者来信告诉我，他们是读了我的《小鸟，你飞向何方》后，才去找《飞鸟集》来读的。他们和我一样，也喜欢上了这本奇妙的书。

现在读《飞鸟集》，我依然会激动。因为书中那些熟悉的诗句已经和我的青春回忆交织融化在一起。

1995年10月

人物绘画

——读《蒲宁散文选》

俄罗斯作家蒲宁以他的散文获得诺贝尔文学奖。这里所说的“散文”，其实是指他的小说。不过，蒲宁的散文确实非常好。据说他的俄语散文原作极其讲究修辞，用词造句都与众不同，别具风格，有着音乐般的旋律。高尔基曾称赞他是“当代最优秀的修辞家”。契诃夫轻易不肯赞美别人，却也忍不住亲口对蒲宁说：“拿我来和您类比，就像拿普通的猎犬和灵缇相比，我从您那里是怎么也剽窃不到一个字眼的。您比我厉害。”我无法读蒲宁的俄语散文原作，所以很难品味他在文字中表达出的音乐般的节奏。然而作为一个小说家，他擅长刻画人物，我喜欢读他散文中那些写人的篇章。

以前零零碎碎地读过几篇蒲宁的散文，最近读了戴骢先生翻译的《蒲宁散文选》，更加强了我对蒲宁散文的这种看法。蒲宁曾经在他的散文中写过很多他所认识的俄罗斯著名艺术家，譬如画家列宾、音乐家拉赫玛尼诺夫、歌唱家夏里亚宾、作家库普林和阿·托尔斯泰，都写得与众不同。他的人物散文特点是，着重刻画人的性格，并不拘泥于情节和过程，然而绝不放过他所知道的精彩细节。这种写法有点像中国画中那种写意和工笔相结合的作画方法：一片荷叶，只是一团泼墨，而荷叶上的一只甲虫或者蜻蜓则精心描绘，使之纤毫毕现，栩栩如生。这样，整幅画都显得灵动活泼。蒲宁在他的人物散文中，对许多背景和人物的经历总是一笔掠过，而对那些能反映性格的细节却不遗余力地精雕细刻。读过他的人物散文，对他所描绘的人物会留下非常深刻的印象。譬如他写大画家列宾的文字，不到一千字，只写了他和列宾的一次会面，一次没有成功的合作，然而读者不会忘记他笔下那个热情、固执又有些怪癖的画家。其实蒲宁只写了列宾的一件事，就是他对素食主义和清新空气的入迷，而且非要别人和他一起消受这些常人难以忍受的癖好，结果使蒲宁不得不放弃被列宾画像的殊荣，不辞而别，像逃难一样逃离了列宾的家。蒲宁在描绘别人的时候，同时也表现了自己崇尚自由、不愿意受人束缚的独立性格。这种特点在《忆“托尔斯泰第三”》一文中表现得更为突出。《忆“托尔斯泰第三”》是蒲宁对他的老朋友阿·托尔斯泰的回忆。文章里流露的感情极为复杂，钦佩、喜欢、厌恶、鄙视、怜悯……各种不同的情绪在这篇文章中交织在一起，似乎驳杂，却极为真实。他在表现这些情绪时，很少理性的分析，都是亲身经历，是他和阿·托尔斯泰的交往，是许多生动的细节。动荡复杂的时代产生复杂的人物和复杂的感情，这是很自然的事情，然而未必所有的作家都能用自己的文字表现出这种复杂性。蒲宁不愧为大师。

俄罗斯当代作家邦达列夫曾这样感慨：“那种具有鲜明的民族性的文学和散文，譬如像蒲宁这样的艺术家的散文，要译成其他民族的语言绝非易事。因为他所用的语言，无论就节奏、色彩和气息来说，都是俄语所特有的，那里有俄语词汇运用时的一切最细致的差别和明暗面，他的散文的气氛是难以再现的。”这绝不是什么吓人的话。要把中国的文学大师们的名著转译成外语，同样是一件极为困难的事情。值得一提的是戴骢先生的译文。戴骢先生对蒲宁的作品有极为独到的理解和研究，欣赏他的译文，没有使我产生任何“隔”的感觉。读《蒲宁散文选》时，我完全沉浸在蒲宁为读者创造的独特意境之中，跟着作者极富个性的叙述，进入了他的世界，一一认识了他的那些性格各异的朋友们。戴骢先生译笔的流畅、精确和优美，使我这个爱挑剔的人无法从中找茬。我想，戴骢先生介绍给中国读者的是一个很真实的、没有走样的蒲宁。

1994年3月

秋叶

——读《帕斯捷尔纳克诗选》

五年前，在基辅的一家书店里，一个俄罗斯作家从书架上找到一本精致的小书，丢下我一个人埋头看了半天。我走过去问他，看的是什么书，他把书递给我，神色诡秘地说："是《帕斯捷尔纳克诗选》，一本神奇的书。"

这是一本48开的袖珍本诗集，印得很精美，红色的封面上飘着几片金黄色的秋叶。我不懂俄文，但还是忍不住花五个卢布买了一本。在我从前的印象中，这位因《日瓦戈医生》而名震世界的俄罗斯作家是小说家，而不是诗人。这新的发现使原本在我的心里便有些神秘色彩的帕斯捷尔纳克又增添了几分新奇。后来，我听好几个俄罗斯作家谈起他的诗歌。他们告诉我，帕斯捷尔纳克的诗极有魅力，他对大自然、对人生、对爱情有着与众不同的感受，也有着独特的表达方式。对俄罗斯的语言，他也有自己的独到见解，出现在他诗中的词汇，非常古典，有时显得隐晦艰涩，使一般人望而却步。然而用心去读，他的诗会震撼人的心灵。这些大概就是有人说他的诗“神奇”的原因。在苏联，不少知识分子喜欢帕斯捷尔纳克的诗，尽管他的书曾经被禁止出版，这些诗还是在知识分子中悄悄流传。越是被封禁的作品，越是广为流传，这大概是人类世界的共同规律，不管在古代还是现代。

我把那本精致的诗集带回了中国。在我的书架上，它不过是一个小小的摆饰，因为我读不懂。有时候翻开看看，这些分行排列、长短不一的文字使我产生很奇妙的联想，俄罗斯的大地和天空，在帕斯捷尔纳克的笔下一定美妙如瑰丽的神话，而他所体验到的爱情，一定蕴含着深深的忧伤。他像一个寂寞的漫游者，在幽深的白桦林中独步，思绪的微风吹动了枝头的秋叶，那些金黄的树叶便随风飘落，在辉煌的夕照中和他的诗情一起翩跹起舞……印证我的遐想的，是封面上那几片凝固在深红色中的秋叶，它们带着几分朦胧，意味深长地凝视着我。然而，我的这些遐想终于在一个乏味的黄昏烟消云散。

这天，我在书店里买到了一本汉译《帕斯捷尔纳克诗选》，是一套外国诗歌丛书中的一种。诗集的封面上也是树，不过不是几片树叶，而是一棵秋天的大树，金红色的树叶像晚霞覆盖了天空。我无法抑制自己的兴奋，因为心中一个美妙的谜团马上就可以得到破译。一回家，我就翻开这本诗集读起来。诗集很薄，我很快就读完了。出乎我意料的是，读这本诗集，我既没有因它的艰涩怪诞而惊奇（书中看不到艰涩和怪诞），也没有心灵受震撼的感觉。说实话，我读到的这本诗集是一本平淡、平庸的书，是一个三流诗人随手从他的行囊中拣出来的“大路货”。诗中的春天是这样的：“今年春天一切都很特别，连麻雀的鸣叫也挺欢快。我甚至不想描述心里多么高兴和舒坦……”我看不出这春天有什么特别。诗人在诗中这样描述他的生活：“今冬我住在莫斯科近郊，但正值严寒，风雪交加，每当必要时，我就经常因事进城……”就是这样的文字，没有光彩，没有想象力，把它们分行排列，看上去像诗，却毫无诗意。我想，在中国，再蹩脚的诗人也不会这样写诗。然而这是帕斯捷尔纳克的诗，是写过《日瓦戈医生》的诺贝尔文学奖得主的诗！诗集的封面上赫然印着他的名字。帕斯捷尔纳克的诗难道印证了“南橘北枳”的寓言？

不过我还是慢慢想通了。我想，这大概还是翻译的问题。我一直以为，诗歌是很难翻译的，从严格的意义上来说，诗人的诗歌只为他们母语的读者而写，他的喜怒哀乐只能通过自己的母语才能得以倾诉，他如何使用自己的母语，其实也是一种思想和情绪的表达和流露。一首诗，如果翻译成外语，完全可能会变成和原作不太相干的另外一段文字。倘若翻译者本来对诗就一窍不通，那么，他翻译出来的是什么就更难预料了。很多外国人曾把我们的唐诗和宋词翻译成外语，我不信他们能译出其中的韵味，这些用最精练的汉字表现出的意境和声韵，怎么可能转换成外语？帕斯捷尔纳克的诗歌也许是同样的道理吧。这样想着，心中的遗憾似乎得到了解脱。

在我的书橱中，那本俄语《帕斯捷尔纳克诗选》和中文的同名诗集仍然并列着。不过我想，这是两片完全不同的秋叶，一片是来自诗人故乡的真正的秋叶，而另一片大概只能是纸叶或者塑料叶之类。

1995年7月21日于四步斋

教皇·作家·总统

——读马尔克斯《我的回忆：拜访教皇》

近日，读加西亚·马尔克斯的散文《我的回忆：拜访教皇》，我被他生动幽默的叙述吸引。给我印象深刻的不是他和教皇谈话的内容，而是发生在接见时的一些细节。在教皇面前，马尔克斯的一颗纽扣掉在地上，就在他低头寻找纽扣的时候，规定的接见时间到了。然而约翰·保罗二世教皇却无法打开反锁着的门，两个人被反锁在房间里好几分钟。当时，出现在马尔克斯脑海中的念头是："要是我妈妈知道了我同教皇一起被反锁在他的办公室，她会怎么想呢？"马尔克斯细致入微地描绘了他寻找纽扣的过程，写他在教皇那双"渔民式的拖鞋"边上找到纽扣时的心情。很显然，这是一个小说家的回忆。读这篇散文时，我不禁回想起我接待过的两位哥伦比亚作家，想起和他们谈过的一个话题。

那天，作家协会来了两位哥伦比亚客人，一男一女，两个诗人。男诗人恰哈罗，来自麦德林；女诗人伊丽亚，来自波哥大。恰哈罗的身材胖而矮，黑头发黑眼睛，如果不是那满脸温和的微笑，他的外形看上去有点粗放不羁。他是哥伦比亚作家协会的一位负责人，主编一本诗歌刊物。伊丽亚是作家协会的秘书，也写诗歌和小说。虽然语言不通，但从她活泼清澈的眼神中，可以感受到她内心的缤纷多彩。哥伦比亚的语言是西班牙语。经过翻译做交流实在是一件吃力的事情，客套一番就花了不少时间，要想谈得深一点根本不可能。然而我们还是尽力交谈着。

话题很自然地就谈到了加西亚·马尔克斯，这是一个使哥伦比亚人引以为傲的名字。我问恰哈罗，马尔克斯最近几年在干什么？他回答说："他现在对政治兴趣很浓，正忙着竞选总统。"

我又问："他有没有希望当上总统？"恰哈罗摇摇头，摊了一下手。我说，一个纯粹的作家，大概当不好总统。就像当年巴勃罗·聂鲁达一样，他也竞选过总统，结果还是中途退出。如果当了总统，他的很多诗歌大概就没有时间和条件在他的心灵中发芽、长叶、开花了。恰哈罗拍着手对我的观点表示赞同，伊丽亚也微笑着点头。但愿马尔克斯不要当总统，竞选失败也许会使他清醒，会使他重新回到书桌旁，这样文学史中可能会多几部《百年孤独》这样伟大的小说。事后一想，觉得自己有点多管闲事，马尔克斯想当总统，与别人何干？就像这里的很多文人前些年热衷于“下海”，到头来，大多数人弄得一身一脸的海腥味爬上岸来，却并没有成为富翁。当初津津乐道的“下海”者，此时哑口无言。无言的背后是收获还是后悔，只有他们自己知道。也许会有一两个失败的“下海”者，写出几部关于“下海”的生动的书来。我想，一个聪慧而有才干的人，如果倾尽全力做一件事情，一定会做得非常出色，会成为他所从事的这个领域中的大家。但是他如果想同时在几个领域出击，那结果可能就不一样了。马尔克斯如果竞选成功，他也可能把总统当得有声有色，但他付出的代价将是在文学创作上的淡出。也许，他想体验各种各样的人生，当作家，得了诺贝尔文学奖，已经达到最高境界，搞政治，竞选当上总统，治理一个国家，也算是达到了最高境界。然而治理得怎么样，是不是也能像《百年孤独》一样流芳百世，那就难说了。

如果当了总统，马尔克斯和教皇的会见大概不会再像他回忆的那样。如果在教皇面前掉了纽扣，他或许不再会毫无拘束地低着头在桌底下寻找，即使寻找了，他也不会把这样的细节写到自己的回忆录中去。作家和总统，总是不一样的。小说家马尔克斯没有当成总统，很好。

1996年1月

面对永恒

——谈博尔赫斯

在荷马之后，豪尔赫·路易斯·博尔赫斯也许是世界上最了不起的盲人作家。太阳每天慷慨地普照着阿根廷的平原和群山，却无法照亮博尔赫斯眼前的道路。他必须被人搀扶引导着，一步一步小心翼翼地走向他的目的地。然而他却用光彩四溢的文字，把一条宽广奇异的大道展现在人们的面前。他在自己的诗歌中写道："上帝同时赐给我黑暗和智慧。"他的智慧在黑暗中闪烁着耀眼的光芒。面对着他等身的著作，人们不知道究竟称他什么更合适：诗人、小说家、评论家、哲学家、学者……每一种称号，对他都切合，但又不全面。记得多年前我读他的一首题为"瞬间"的诗歌，深深地被他在诗歌中营造的那种玄妙幽深的气氛吸引，奇特的意象、令人回味无穷的哲理，使我领略了他精神世界的多姿多彩。“现时孤孤单单，记忆建立着时间。”“转瞬即逝的今天是微弱的，永恒的；你别指望另一个天堂和另一个地狱。”这些诗句经过翻译大概已失去了原有的韵味，但还是能让人读而难忘，因为它们蕴藏的精神触角和哲理光芒并未随语言的转换而消失。

这几年，我至少在不下十位中国作家的小说或散文中看到博尔赫斯的名字。中国的作家们或是在自己的作品中引用他的语言，或是在文章中传播他的见解。这使我想起了博尔赫斯的一段话：“每当我们重温但丁或莎士比亚的一句诗，我们在某种意义上就回到了莎士比亚或但丁创作这句诗的那一时刻。总之，永生存在于其他人的记忆中和我们留下的作品中。……从某种意义上说，我们每个人就是从前死去的一切人。不仅是和我们血统相同的人。”现在，他自己的话在世界各地被不同血统的人重温引用着，用他自己的理论来解释这样的现象，他已经活在了后人的心里，已经获得了永生。

其实，在生活中，永恒并不是什么至高无上的东西。永恒的状态，在这个世界不会消失，它们可能辉煌夺目，也可能极其平淡。当你在贝多芬的交响曲中激动不安时，你可能是体验到了那种辉煌的永恒，文明人类生存一天，这样激情磅礴的音乐就会使人激动一天。而当你走在崎岖的道路上饥肠辘辘时，其实也是体验到了一种永恒，人活着，就会有饥饿发生，永远如此。当我们在生活中感动或困惑，当我们读到一篇精彩的文章心有共鸣，击节赞叹时，我们便面对了某种永恒的状态。我们平平淡淡地活着，却每时每刻都面对着永恒。不过，一个写作者如果心里老想着如何使自己的文字成为永恒，那有点滑稽，他的文字大体会在速朽之列。一个优秀的作家，写作时绝不会想着如何使自己的文字不朽，他要想的是，如何用最独特最自然的方式，把他的观察和思考，把他的憧憬和感悟，把他的故事表达出来，而这一切，都是因为生活中永恒的现象在他心中激起了波澜。博尔赫斯的一生，便是在用文字不断揭示他从生活中感受到的永恒。另一位杰出的阿根廷作家埃内斯托·萨瓦托曾经说："当在博尔赫斯的作品中挖掘的时候，就会发现各种不同的化石：异教创始人的手稿、'摸三张’牌戏的纸牌、克维多和斯蒂文森、探戈歌词、数学证明题、刘易斯·卡罗尔、埃利亚的芝诺、弗朗兹·卡夫卡、克里特岛的迷宫、布宜诺斯艾利斯郊区、斯图尔特·米尔、德·昆西、戴绷紧软帽的美男子……”这些“化石”，有些我熟悉，有些我认识，有些我完全陌生。但是，在阿根廷，在拉丁美洲，在世界各地，它们拨动了无数人的心弦。不同地域的不同的人，在他的不同的作品中寻找到了不同的共鸣。这就是博尔赫斯的魅力所在。

我想起了博尔赫斯的一篇散文《长城和书》。在博尔赫斯黑暗的世界里，中国的长城也在他智慧的视野之内。在这篇文章里，他谈到了中国的历史，谈了他对秦始皇焚书和造长城的看法。在他的心目中，万里长城也是一种永恒。秦始皇为了炫耀帝国的强盛，为了塑造自己的形象而造的长城，远比他的帝国和他的生命长久。岁月的风沙有一天会把长城湮没。然而作为历史，作为古代人类力量和智慧的象征，长城永远不会消失。人类精神的长城是任何力量也无法摧毁的。读着这样的文字，我觉得博尔赫斯离我并不遥远，我甚至觉得他的形象已和我熟悉的长城叠合在一起，他正用那双苍劲的手，抚摸着长城古老的城墙，一级一级往上攀登……

1996年11月22日于四步斋

爱之魔力

——读米斯特拉尔《死的十四行诗》

爱是人类有别于其他生物的最重要的标志。爱使人世间产生了很多奇迹。浪子回头、哑巴说话、盲人重见光明、植物人恢复知觉……这样的奇迹，大量地被表现在文学作品中。爱也是很多悲剧的起因，莎士比亚在《罗密欧与朱丽叶》和《奥赛罗》中把这样的悲剧表现到了极致。

爱是人类心灵中最恒久的一种激情，这种激情自古以来一直是文学创作的动力和催化剂。

1911年春天，一个阴郁的黄昏，在智利中部的小城斯冷纳街头，突然响起了一记枪声。枪声中，倒下了一个年轻的小伙子。人们闻声赶来，只见他手中握着一支手枪，发热的枪管还在冒烟。年轻人失神的眼睛怅望着天空，脸上笼罩着悲伤和绝望。

这个青年是谁？他为什么要自杀？人们在他的衣袋里发现了一张明信片，明信片上有他的名字：罗米里奥·尤瑞塔，写这张明信片的是一位姑娘，名字是加勃里埃拉·米斯特拉尔。明信片的内容很简单，文字也极冷静，是一封拒绝爱情的信。谁也不会想到，这一出爱情的悲剧，会成为一个伟大诗人走向文学的起因和开端。这位写明信片的姑娘，30多年后将登上诺贝尔文学奖的领奖台，成为“拉丁美洲的精神皇后”，闻名世界的诗人。

米斯特拉尔17岁那年遇到年轻的铁路工人尤瑞塔，两人真心相爱，却又因志趣不同而分手。尤瑞塔对米斯特拉尔念念不忘，然而米斯特拉尔不愿意和纵情酒色的尤瑞塔重新和好，痴情的尤瑞塔竟然走了绝路。尤瑞塔的死，在米斯特拉尔的心里留下了难以愈合的创伤。在哀伤和痛苦中，米斯特拉尔找到了倾吐感情、诠释灵魂创痛的渠道——写诗。她创作了怀念尤瑞塔的《死的十四行诗》，诗中那种刻骨铭心的爱，那种发自灵魂深处的真情，使所有读到它们的人为之心颤。她在诗中写道：“我要撒下泥土和玫瑰花瓣……没有哪个女人能插手这隐秘的角落，和我争夺你的骸骨！”她以这组诗参加圣地亚哥的花节诗赛，荣获第一名。人们由此记住了她的诗，记住了她的名字。

《死的十四行诗》充满了孤苦哀伤的气息，犹如绝望的爱情誓言。米斯特拉尔一生未婚，据说，除了尤瑞塔，她没有再爱过第二个男人。然而爱情却成为她毕生讴歌的主题，她在《我喜欢爱情》中这样写：

它给你缠上长长的绷带，你必须忍受创伤。
它献给你温馨的翅膀，你却不知它飞向何方。
它走了。你将神魂颠倒地尾随，尽管你发现：
你必须追随它，直到死亡……

作为一个杰出的诗人，米斯特拉尔并没有无止境地沉浸在个人的哀痛中，由痛苦而产生的爱，如同在风雨中萌芽的种子，在她的心中长成了一棵枝叶葳蕤的大树。这棵大树，向世人散发出智慧的馨香和博爱的光芒。米斯特拉尔在她的诗歌中讴歌男女间的爱情，也歌颂母亲和母爱，歌颂孩子和童心，歌颂气象万千的大自然，她把爱的光芒辐射到辽阔的地域。她的诗歌流露出女性的温柔和细腻，表现出悲天悯人的博大情怀。爱人、爱生活、爱自然，这些就是她诗歌的永恒主题。我读过她的散文诗《母亲之歌》，在诗中，她把一个女人从十月怀胎到生下孩子的过程和柔情描写得婉转曲折、动人心魄。读这样的文字，使人感受到一颗善良的母亲之心是多么美丽动人。在她之前，大概还没有一个作家把女人的这种体验表现得如此深刻，如此淋漓尽致。发人深思的是，写出这作品的诗人，自己并没有生过孩子，没有当过母亲。其实，其中没有什么秘密，因为米斯特拉尔胸中拥有作为一个女性的所有爱心。1945年，米斯特拉尔获得诺贝尔文学奖，获奖证书以这样的话评价她："她那由强烈感情孕育而成的抒情诗，已经使得她的名字成为整个拉丁美洲世界渴求理想的象征。"这样的评价，她当之无愧。

读米斯特拉尔的诗歌时，我很自然地会想起另一位获得诺贝尔文学奖的智利诗人聂鲁达。如果说，米斯特拉尔的诗是人类女性精神的美妙结晶，那么，聂鲁达的诗便是雄浑刚健的男性气质的荟萃。然而他们两人诗作的内核是共同的，那便是对人和自然的爱，对真理和理想的追求。智利这片狭长而多彩的国土哺育了这样两位杰出的诗人，这是智利的光荣。

米斯特拉尔也常常使我联想起中国的一位了不起的女作家冰心。60多年来，冰心始终以博大而细腻的爱心面对世界、面对读者，使无数人沉浸在她用纯真高尚的爱构筑的艺术天地中。冰心的声音也是中国知识分子和中国文学良心的一种象征。

表达了真爱的美妙艺术是不会过时，也不会暗淡的。只要人类还在追寻这样的爱，米斯特拉尔和冰心的作品就永远会有新鲜的生命力。

1996年11月26日于四步斋

真幻之间

——谈《百年孤独》

“每部好小说都是一个关于世界的谜。”加西亚·马尔克斯这么说。

世界各地的评论家们都认为，马尔克斯的长篇小说《百年孤独》，写的是布恩蒂亚家族的传奇故事，影射的却是拉丁美洲近百年的血泪历史。这种情形，就像很多中国评论家在《红楼梦》中读到了“封建社会的盛衰史”一样。我不是评论家，对拉丁美洲的历史和现状也谈不上熟悉。面对《百年孤独》这样的小说，我只是一个好奇的读者，使我感兴趣的是小说中那些性格鲜明的人物，是他们跌宕起伏、难以预测的命运，是那些怪异的事件、荒诞的气氛，那些斑驳陆离的浓郁地方色彩，还有小说那种既流畅又独特的叙述方式。读《百年孤独》似乎是在读一部纪实小说，却又不时离开现实进入神话的境界。小说把神话和现实如此奇妙地交织为一体而不使人感到牵强，实在是大师所为。另外一位南美作家若热·亚马多的小说也以怪异魔幻闻名，然而读他的小说常常会想到这是作家挖空心思在编一个荒诞的故事，感觉是在读现代人写的神话。离奇则离奇矣，可读完之后，值得回味的东西反而不太多了。亚马多的长篇名著《弗洛尔和她的两个丈夫》留给我的就是这样的印象。

优秀的小说家都应该是虚构故事的能手，形形色色的人物在他们的故事中歌哭言笑、悲欢离合，无所不能。一个人或者一个家族的经历和命运，往往就构成了一幅色彩旖旎的巨幅风俗画。这样的画引人入胜，却未必一目了然。那些能引起读者无穷联想、猜测，而又不至于叫人费尽心机，最终失去耐心和兴致的，必定是传世佳作。《百年孤独》便是这样的小说。太简单或者太繁复都会使读者失去兴趣。太简单的小说，故事平淡，作者也没有才情，当然绝不可能成为名著。而太繁复的小说（也就是马尔克斯说的“玩花招玩过了头”的小说），即使为作家带来盛誉，却仍然难以亲近一般的读者，譬如詹姆斯·乔伊斯的《尤利西斯》。

拉丁美洲的不少小说家都是制造繁复的高手，如墨西哥的鲁尔福、危地马拉的阿斯图里亚斯、阿根廷的科塔萨尔、智利的多诺索、秘鲁的略萨等，然而他们大多掌握了一个不至于让人生畏的适度。胡安·鲁尔福的《佩德罗·巴拉莫》也许是能被人接受的繁复中的极限，假如再“魔幻”一点，读者就可能会生畏以至生厌。

马尔克斯在谈创作时曾经这样说：“事情，无论是普通的还是神奇的，我幼年时候都经历过。”“我生长在加勒比，我逐国逐岛地了解它，也许我的失败就来源于此，我从来没有想到也未能做到任何比现实更为惊人的事，我能做的最多也只是借助于小说把现实改变一下位置，但我的任何一本书中没有一个字是没有事实根据的。”这样的话使我感受到他的严谨，也使我产生了疑惑。“没有一个字不是没有事实根据的”，那些死而复生的古人，那些对未来无所不知的方士，那些神话般的故事……可能吗？其实，问题是，马尔克斯所谓的“事实”究竟指什么。是可以用现代科学加以验证的客观现象，还是指曾经在生活中发生过，在人群中流传过，在人心中翻翔过的各种各样的现象、传说和想象？马尔克斯所指定然是后者。在另一篇谈创作的文章中，他自己证实了这样的观点。他说："对我来说，最重要的问题是打破真实事物同似乎难以令人置信的事物之间的界线，因为在我试图回忆的世界里，这条界线是存在的。"在讲那些荒诞的故事时，"必须像我外祖父母讲故事那样老老实实地讲述。也就是说，用一种无所畏惧的语调，用一种遇到任何情况，哪怕天塌下来也不改变的冷静态度，并且在任何时候也不怀疑所讲述的东西，无论它是没有根据还是可怕的东西，就仿佛那些老人知道在文学中没有什么比信念本身更具有说服力"。确实，在读《百年孤独》时，我感觉到了他的这种心态。小说中的故事绝不是上海人笑着说的"像真的一样"，而是用一种不容置疑的态度在说"这是真的"。

没有人说曹雪芹的《红楼梦》是魔幻现实主义小说，其实，《红楼梦》中有很多魔幻的情节，譬如"贾宝玉神游太虚境""贾天祥正照风月鉴"等。相信曹雪芹写这些情节时和马尔克斯有着相类似的心态。曹雪芹摇头叹息："假作真时真亦假。"马尔克斯却笑着说："假作真时未必假。"有事实为证：马尔克斯曾声称，在《百年孤独》中，只有一个情节是没有事实依据的想象，那便是小说结尾处的那个长着一条猪尾巴的婴儿。他本以为这种荒唐的想象与事实巧合的可能性最小，想不到小说问世后，关于“猪尾巴”的真实故事从四面八方向他传来。有人在报上承认自己带着那样的尾巴出生，有人还给他寄来了一张来自韩国的照片，照片上有一个长着“猪尾巴”的小女孩。这使想象力过人的马尔克斯始料不及。

大千世界，无奇不有。小说家们站在自己的土地上大胆想象吧！千姿百态的生活是小说的基础，也是艺术的后盾。

1996年11月28日于四步斋

遥远的叹息

——谈鲁尔福《佩德罗·巴拉莫》

我是先读了胡安·鲁尔福的小说《佩德罗·巴拉莫》之后，才开始对拉丁美洲的魔幻现实主义文学产生兴趣的。那是在80年代初，后来在中国变得时髦的魔幻现实主义文学当时还不怎么为人所知。而我对它们产生兴趣不是赶时髦，实在是因为胡安·鲁尔福，因为他的《佩德罗·巴拉莫》。

《佩德罗·巴拉莫》是一部非常独特的小说。一群幽灵似的人物在一个荒凉的庄园里忽隐忽现，生者生死莫辨，死者死而复生，生和死的界线在小说中变得十分模糊。幽灵的回声超越了时间和空间，随心所欲地在一切可能或者不可能穿越的场合回荡。这和我以前读过的神怪小说或者幻想小说截然不同。要说魔幻和神秘，马尔克斯的《百年孤独》和博尔赫斯的小说都无法与《佩德罗·巴拉莫》相提并论。小说中那种怪诞迷离和神秘莫测的气氛，可以说是前无古人。人类的智慧和想象力之奇特，在这部小说中得到了极充分的展现。说它是魔幻现实主义小说的先驱大概也不为过。

《佩德罗·巴拉莫》的创作和被世人认识的过程很有意思。构思这部小说是在50年代初，当时胡安·鲁尔福是一个三十来岁的年轻人，在这之前，他只写过一些短篇小说，没有多少名气，文学圈之外的人一般都不知道他。他在一本学生用的笔记本上写出了小说的初稿。

《佩德罗·巴拉莫》问世之初并没有引起多少人的注意，它的出版也颇不容易。用鲁尔福的话说，“在我生活的时代，几乎没有出版社，出一本书非常困难”。初版只印了两千本，摆在书店里无人问津，四年工夫只售出一千五百本，余下的书便由作者随便送人。这很像前些年我们这里有些自费出版的作品集的命运。胡安·鲁尔福做梦也没有想过这部小说日后会引起什么轰动。在墨西哥文学界，起先对这部小说的看法也有很大分歧，有人认为它“写得很好”，有人认为它“简直就是一堆垃圾”，不像一部小说。在一次作品讨论会上，一个危地马拉诗人甚至向鲁尔福建议：“你最好先坐下来读几部小说，然后再写。”鲁尔福对这样的纷争并没有受宠或受辱之惊，他平静地面对这一切。因为他根本没有企望把这部小说当作他“走向世界”的敲门砖。“我写它们只是想让两三个朋友读读而已。”写完了小说，他还是安心地当他的汽车轮胎推销员。几年后，他突然在杂志上读到了富恩斯特和帕斯的文章，他们对

《佩德罗·巴拉莫》做出了极高的评价。同时他被告知，这部小说正在被翻译成英、法、德、荷四国文字，美国和西欧欣赏他的小说。于是，一颗异彩夺目的新星在拉美上空升起。

说起来有点可悲，在拉美，一个作家是否有价值、是否成功，其最重要的衡量标准似乎并不取决于本国的读者，而是取决于欧美的媒介。你的小说被翻译成外语，在欧洲和美国得到肯定和赞赏，你就必定是成功者。如果《佩德罗·巴拉莫》当初不是被及时地翻译成外语，那么，鲁尔福这本奇特的小说也许会长久地被势利的文坛冷落，直到有一天它突然被一个迟到的外国“伯乐”再发现。

《佩德罗·巴拉莫》为胡安·鲁尔福带来了巨大的声誉，也奠定了他在拉美文学中的地位。这部小说也毫无争议地成为魔幻现实主义文学最有代表性的经典之作。

然而，对我来说，鲁尔福一直是一个谜。一个写出了如此神秘奇特的小说的人，一定是一个很特别的人。令我不解的还有，在写出《佩德罗·巴拉莫》之后，他几乎没有再写其他小说，而当时他正年富力强，是创造力最旺盛的时期。他为什么停止了他与众不同的思索和想象？为什么不在文学创作的道路上继续往前走？他难道想在世人心目中留下一个永远神秘的印象？

1985年秋天，我访问了鲁尔福的家乡。那次出访使我有希望解开心中的这个谜团。我很想亲眼看看，这位写出了如此奇特的小说的作家，究竟是什么模样，我想通过和他交谈走进他的内心。踏上那片到处是阳光和仙人掌的土地之后，当我走在人潮汹涌的墨西哥城街头，漫步在幽深的尤卡坦丛林，徜徉在神秘的玛雅古庙，我时时期盼着和鲁尔福会面。那年，鲁尔福67岁，还不至于老态龙钟，他是墨西哥作家协会的名誉主席，在墨西哥人类研究所工作。在墨西哥城，本来说好要安排鲁尔福和中国作家会面，后来因为他身体不适而取消。我回国不久，就在报上看到了他在墨西哥城逝世的消息。

酝酿在我心里的这个谜，终于不再会有谜底。

1987年，剧作家卡萨雷率墨西哥作家代表团访华。在一次叙谈之后，卡萨雷提出要朗诵小说。他披上了色彩浓艳的墨西哥披肩，微阖着眼睛，端坐在屋子中间的椅子上，屋子里顿时回响起悠扬的西班牙语。他朗诵的是《佩德罗·巴拉莫》的片段，那些陌生的词汇犹如飘忽的烟雾，闪烁着神秘的光芒，在屋子里旋舞回荡。那段朗诵的尾声是一声长长的叹息。这来自遥远世界的叹息久久地在我心里回响。

1996年11月18日于四步斋

人和兽

——读基罗加《胡安·达里恩》

一个年轻的寡妇失去了心爱的儿子，在她万念俱灰的时候，一只饥饿无助的虎崽走进了家门。寡妇收留了虎崽，并用自己的乳汁喂养这只虎崽。在她伤痛的心里，一条生命和另一条生命是平等的。人类的母爱竟使虎崽变成了一个婴儿，一个和其他孩子没有区别的男孩。善良的寡妇和虎婴相依为命，她把孩子培养成一个善良诚实的人，孩子对母亲怀着深挚的爱和敬意。母亲把孩子送进了乡村小学，在学校里，他是一个勤奋刻苦的好学生。然而在他十岁那年，母亲死了。一个由老虎变成的孤儿，能否在人类的世界里生存？孩子并不知道自己曾经是老虎，他依然天天上学，成为学校里最优秀的学生。一天，从城市里来了一个视察员，老师让他为视察员讲解课文，他却因为紧张说不出话来，嘴里发出一种奇怪的声音。视察员发现他眼睛里反射出绿光。于是视察员断定，这是一只老虎。视察员不是坏人，但他和大多数人一样，憎恨老虎。他要村民设法让这个孩子现出虎形，然后杀死他。村民请来了驯兽师。驯兽师用猎狗来对付他，然而猎狗们认为他是人。驯兽师用皮鞭抽打他，村民在一边大喊："把你的虎斑亮出来！"然而他身上除了血印别无他痕。最后，村民把他绑在烟火架上用火烧。在痛苦中，他不停地呼喊着："不，请原谅！我是人！"然而，在火光中他终于现出了虎形。村民以为他已经被烧死，将他扔到森林边上。他苏醒过来，又变成一只老虎，回到了森林中，然而人的感情并没有在他心中消失。他独自来到寡妇墓前，怀着深深的柔情低声说："你曾教育我，要爱，要理解，要宽恕。母亲！我永远是你的儿子……"这时，从森林里传来一阵枪声。这是人在开枪，人们正在捕猎，在杀戮，在屠宰……

上面这个故事是乌拉圭小说家奥拉西奥·基罗加的小说《胡安·达里恩》的梗概。这故事像童话，又不是童话。读这篇小说时，我的心中交织着很复杂的感觉：惊愕、感动、愤怒、遗憾、困惑……在基罗加的这篇小说中，那只叫达里恩的老虎充满了高尚的人性，他比周围的大多数人更善良，更懂得爱，更懂得宽容和同情。而那些凶焰逼人、欲将他置之死地而后快的人，却更多地表现出残忍和兽性。这似乎是一种颠倒，但在读这篇小说时，我除了感到惊心动魄，感到震撼，并没有觉得荒谬，也没有什么不自然。作家叙述这个故事时，用的是平淡的口气、朴素的语言，看不到任何夸张的描述，仿佛是在讲一个生活中发生过的真实故事，使人如临其境。读完这篇小说，很自然地会联想到人类和大自然的很多矛盾。自从人类进入文明时代之后，便充当着大自然的统治者，“征服自然”和“改造自然”一直是人类两个响亮的口号，喊着这样的口号，人类做过或者正在做着许多违反自然规律的事情，譬如对森林的砍伐，对动物灭绝性的杀戮。历史已经证明，在地球上，人类是最聪明的创造者，也常常是缺乏远见的破坏者。基罗加写这篇小说是在本世纪初，当时还没有人为保护自然、保护环境大声疾呼，他的小说以独特的方式和声音提出了这一命题。可以说，他是这方面的先驱。我正在读的《基罗加作品选》中，还有不少和这一命题有关的短篇小说。《阿孔纳达》写的是人和蛇之间的战争，这样的战争当然是以人的大获全胜而告终。然而有意思的是，在小说中，蛇却是受到同情的主角，它们像人一样有感情、有理智、有组织，在强大无情的人类面前，它们最终难逃被屠杀的命运。在基罗加的小说中，人和动物是平等的，他常常把自己幻想成一头牛、一只鸟或者一只鹿，用它们的眼睛观察着人类的世界，生发出很多感想。他小说中的动物和人一样有喜怒哀乐，拥有丰富的情感。在《巨龟》和《两只美洲浣熊崽和两个幼童的故事》中，动物和人类之间的友情被他写得曲折动人。这些小说使我想起《聊斋》中的很多故事，想起那些通人性的狐狸。不过，基罗加的小说和蒲松龄的小说使人产生的联想是不一样的。基罗加的小说并不是为了阐述因果报应的道理，而是让动物处在和人平等的地位，和人类做种种交流。动物和人类一样，也是我们这个星球的主人。在蒲松龄的时代，大概还不会有人作如此想。

以前，我曾在介绍拉丁美洲文学的文章中看到奥拉西奥·基罗加这个名字，这位乌拉圭小说家被誉为“拉丁美洲短篇小说大师”。现在，有了中译本《基罗加作品选》，他的短篇小说精华荟萃其中。中国读者可以了解一下，在20世纪初，一个南美作家如何将他的理想和幻想结合成奇妙的小说。此书的译者林光先生是一位作风严谨的老翻译家，曾出色地翻译过不少拉丁美洲作家的作品。他翻译的《基罗加作品选》忠实地再现了原著的风格，值得中国的文学爱好者一读。

1997年8月3日于四步斋

心灵的芦笛

——谈吴岩的翻译

泰戈尔说："世界的吐气在我们心灵的芦笛上吹奏着什么样的调子，文学就努力反映那个曲调。"世界的吐气是什么？是大自然的呼吸，是人类的脚步，是历史的回声，是天地间有形的和无形的一切。人人都在它的笼罩下，却未必每个人都能听到，都能感受到。有的人，即便感觉到了，却无法为之动心。而睿智善感的诗人心中有一支神奇的芦笛，"世界的吐气"时时把这芦笛吹响，留给人世美妙悠长的回声。泰戈尔的诗篇就是这样的声音。吴岩先生把他翻译的泰戈尔诗文集题名为"心笛神韵"，妙极。

吴岩先生很多年来一直致力于泰戈尔散文诗的翻译。记得在60年代初，泰戈尔的两本散文诗集使我爱不释手，一本是《飞鸟集》，一本是《园丁集》。

《飞鸟集》的译者是郑振铎，翻译《园丁集》的就是吴岩先生。《飞鸟集》和《园丁集》中那些美妙的文字，在我少年和青年时代的读书生活中留下极其深刻的印记。在五六十年代，泰戈尔在中国的影响远不如现在这样广泛，在当今中国，大概没有一个外国诗人的影响能和泰戈尔相提并论。我以为，这位伟大的东方诗哲在中国产生这样的影响，并不是奇怪的事情，因为他的诗文确实是人类美妙智慧和高贵情感的一个巅峰。但是，如果没有中国优秀的翻译家们的辛勤劳动和创造，这样的影响不可能在中国产生。我没有统计过，自80年代以来，中国出版过多少泰戈尔的作品，大概数以百计。这些泰戈尔作品的汉译本大多是重复出版以前的老版本。引人注目的是吴岩先生的新译本。1982年，他翻译了《流萤集》；1984年，他翻译了《吉檀迦利》；1992年，他翻译了《新月集》《采果集》《遐想集》和《飞鸟集》，并把他自己曾经翻译过的《园丁集》又对照泰戈尔的英文原作重新校订修改了一遍；1993年，他翻译了《情人的礼物》《渡》和《集外集》。这样，泰戈尔用英文翻译写作的所有散文诗集，全部被吴岩先生译成了中文。这些由上海译文出版社陆续出版的泰戈尔作品，我曾经一本一本买来读过。因为书橱里有各种版本的泰戈尔诗文的汉译本，我有时还将吴译本和其他译本对照着读。吴岩先生的译文，我非常喜欢，也很佩服，我相信它们生动准确地传达了泰戈尔作品的神韵。现在，这十本泰戈尔的作品汇集成一部《心笛神韵》，对爱好泰戈尔作品的读者来说，是一件值得庆幸的事情。

《心笛神韵》中的十本书都是译自泰戈尔作品的英文版本，而这些英文作品全都出自泰戈尔之手。我一直认为，诗歌在所有文学作品中最难翻译。要把原作的韵律和意味完整无损地转换成为另外一种文字，几乎不可能。这就是很多名扬天下的外国诗人的汉译作品无法打动中国人的原因。我们读到的译诗其实和他们的原作相差甚远，或者说这些中文译诗只是有着相同意思的另外一些分行排列的汉字。诗作在母语状态时很多只能意会而难以言传的妙处，在翻译过的文字中很难体会。所以有人说，诗人只能为他的母语读者写作。我想，泰戈尔一定意识到了这个问题。他的诗开始都是用他的母语孟加拉语写作的，他被世界认识却是因为这些作品的英文译本。而这些英文译本的翻译者不是别人，是他自己。

泰戈尔对自己诗歌的翻译，其实是用英文进行再创作。泰戈尔在翻译时曾经这样说："从前，某种情感的和风唤起了心中的欢愉情趣；如今，不知为什么又通过其他语言的媒介，焦急不安地体验着它。"这种体验大概也只有作者自己才能有。泰戈尔在翻译时，对原作形式做了重要的改变，他把分行排列的诗改成了不分行的散文。这一改变，我以为非常重要，也非常聪明。这样的改变避免了诗歌转译时的很多问题。正如泰戈尔所说："我的诗并未因为用散文形式译出而有所失色。假如我用诗的形式译出的话，可能会令人感到不足和不可取。"吴岩先生在《望霞听雨札记》一文中指出："泰戈尔的翻译是一种再体验和再创作……诗人毕竟最了解自己的诗歌，他自己的译文但求传神，他重新体验、创造了那份思想感情，并不刻板地严守形式的移植。"泰戈尔其实是创造了一种诗歌翻译的成功方法，可惜的是，这方法很难被翻译家们应用，因为尊重原著是翻译家们最基本的信条。有几个诗人能用外语翻译自己的诗歌呢？泰戈尔的这些英译散文诗不仅使英文的读者陶醉，认为它们是"西方文学不可分割的一部分"，也为其他语种的翻译家提供了良好的条件。我想，如果吴岩先生的译文不是根据泰戈尔自己的英译本，而是根据别人从孟加拉文翻译的英文译诗，那么，我们读到的大概会是另外一本书。毫无疑问，它不可能有《心笛神韵》这样的动人魅力。

《心笛神韵》中附有吴岩先生的《望霞听雨札记》，很值得一读。吴岩先生说，他写这些文字是“为了防止译诗时与泰戈尔原作‘隔’得过分严重而作的一些零星记录”。文中对泰戈尔诗艺和思想做了很独到的分析。一个翻译家的认真和严谨在这篇札记中体现得极其生动。

我衷心地向读者推荐《心笛神韵》，这样的书融智慧和情感于一体，能净化心灵、升华灵魂，使人在喧嚣中获得优美的宁静。

1998年1月25日于四步斋

意味悠长的速写

最近，我收到老翻译家高莽先生寄赠的散文集《画译中的纪念》，很有兴趣地读了其中所有的文章。这是一本值得一读的书。高莽先生精通俄语，曾任《世界文学》主编，年轻时就多次出访苏联，结识了很多俄罗斯作家。他们的交往不像很多中国作家和外国作家的交往，仅在礼节性的场合，通过翻译讲一些客套话，根本谈不上有什么深入的交流（这不妨碍有些作家事后写出长篇回忆文章）。高莽先生和外国作家的交往没有语言的障碍，他们无所不谈，有些外国作家成为他终生的朋友。有这种经历的作家在中国并不多。在《画译中的纪念》中，高莽先生回忆了他和一些俄罗斯文化名人的交往，在回忆时，他并不炫耀，也不加花哨的佐料，只是朴实简洁地记叙，由此生发出的抒情诚实而感人。《我是尼古拉的眼睛》是写他和俄罗斯作家奥斯特洛夫斯基的夫人拉依莎之间的交往，时间跨度长达三十余年。奥斯特洛夫斯基是长篇小说《钢铁是怎样炼成的》的作者，在中国曾经家喻户晓，高莽曾经翻译过由《钢铁是怎样炼成的》改编的话剧《保尔·柯察金》。奥斯特洛夫斯基的夫人在交往中曾为他讲过一些不为人所知的故事，高莽不是小说家，他只是简单地记下这一切，然而它们却向我展示了奥斯特洛夫斯基的生存状态和精神世界。奥斯特洛夫斯基是在异常艰苦的条件下将《钢铁是怎样炼成的》写成的。一身是病的残疾人，住在一个简易楼中的半间屋子里，连一张纸也没有，是在工厂当女工的拉依莎从厂里带来了包装用纸的剩余零头，奥斯特洛夫斯基就是在这些零碎的包装纸上写出了不朽的长篇小说。拉依莎告诉高莽，疾病缠身的奥斯特洛夫斯基曾经丧失过生存下去的信心，他有过自杀的念头，这在小说中也有过表现。正是这样的真实情节使小说有了震撼人心的力量。在生活中，拉依莎的爱是奥斯特洛夫斯基战胜病魔的重要力量。奥斯特洛夫斯基只活了三十一岁，但他经历了人间的大恨大爱，命运像一匹野马，拽着他走过了崎岖的道路。这道路虽然不长，它的曲折和跌宕却能引出无穷的回声。

我想，读过《钢铁是怎样炼成的》的中国人，也一定会有兴趣读一读《我是尼古拉的眼睛》。在这本书中，高莽还写到了一些中国人熟悉的俄罗斯作家，譬如诗人阿赫玛托娃、叶甫图申科，小说家艾特玛托夫。尤其值得一读的是沃兹涅先斯基，这位新潮诗人在俄罗斯的遭遇和经历会给中国同行很多有益的启迪。60年代沃兹涅先斯基在克里姆林宫朗诵诗歌的一幕，让人惊心动魄。1963年，赫鲁晓夫在克里姆林宫会见文艺界人士，三十岁的沃兹涅先斯基也被邀请了。主席台上除了赫鲁晓夫外，还有勃列日涅夫、苏斯洛夫、科兹洛夫、伊里切夫等党政要人。赫鲁晓夫点名让沃兹涅先斯基上台发言。他走上台，只说了几句话，主席台上就有人把他的话打断。诗人要求不要打断他的话，主席台上的声音更大了："沃兹涅先斯基先生，从我们国家滚出去，滚出去！"高莽在他的散文中引用了沃兹涅先斯基自己对当时情景的描述，不妨转引如下：

……大厅里的人们的表情，先是茫然，然

后是幸灾乐祸，我从他们脸上的变化就猜到主席台上发生的事。我转过头去。赫鲁晓夫由于发火，面孔变了形，渗着汗水，离我只有几公尺远。他在嚎叫，歇斯底里地翻动着发黄的白眼珠。一国之首暴跳如雷，拳头在头上挥动。他不能自制。他浑身散发着汗臭。“沃兹涅先斯基先生！滚！谢列平同志（当时的苏联国家安全委员会主席）会给你签发出国护照的。”接着是更耸人听闻的话。为什么？也许他疯了？也许他醉了？（他有过这么一次，那次他用皮鞋敲打联合国的桌子。）我明白了：“我完蛋了！”只因为我还有在朗诵会上应付各种情况的能力，才保持住了自己的理智。

这时，我的背后和大厅里都传来了起哄的叫声：“滚蛋！可耻！”从第一排跳出一个人来，他长着一副漂亮得令人作呕的面孔。他对我说：“你不穿白衬衫，不打领带，就这么进入克里姆林宫？阿飞！”后来我才知道，这个人就是谢列平。那时很少有人知道“阿飞”这个词儿，他们都在叫嚷：“可耻！”……怎么制止这个可怕的场面呢？我最后还是冲破一片叫嚣声，说我要朗诵一首诗。

“什么诗也不用朗诵！我们都知道！不听！滚！”喊声从背后传来。大厅渴望流血……

这时，我发现首脑的脸上冒出一种想法，这是一种猜测，好像什么东西触动了他，唤醒了他的意识。什么东西在刺激他——或许这是我的感觉？——仿佛在这欢庆胜利的狂叫声中他看见了自己未来的灭亡，感受到无法控制的人们的自发势力。一年以后，正是这股力量扭断了他的脖子。当时，他皱紧眉头，瓮声瓮气地说：“不，让他朗诵吧。”

沃兹涅先斯基朗诵了他1962年写的一首怀念列宁的诗《我在舒申斯科耶村……》。他一边朗诵一边习惯地挥动手臂，以加强诗的节奏和效果。大厅静下来了。他朗诵完后，从大厅一角传来几下掌声。这又惹恼了赫鲁晓夫。他大声喊：“特务！特务！”沃兹涅先斯基以为赫鲁晓夫要让特务上台把他抓起来，但是没有人上台。赫鲁晓夫问沃兹涅先斯基：“你为什么要挥手？难道也给我们指引前进的方向？你以为你是领袖？”后来，沃兹涅先斯基才知道赫鲁晓夫当时喊的“特务”，是指为沃兹涅先斯基鼓掌的那个人，那个人是画家戈里岑……

政治家的粗暴直率和诗人的顽强大胆，在沃兹涅先斯基的故事中表现得淋漓尽致。这样的事情在中国大概永远也不可能发生。不同的文化背景孕育出的故事是不一样的。高莽把这样的往事转述给中国读者使人感慨不尽。

除了翻译写作，高莽还是一位颇有成就的画家，他画的大多是人物肖像。我也曾有幸在一本诗选中被他画过一次。他画的是速写，寥寥几笔，便刻画出了人物的形象。对熟悉的人物，他画得尤其传神。他写人物的散文，和他的速写一样，简洁明快，然而意味悠长。

1997年8月6日于四步斋

面对蓝色的海洋

在我的心里，上海译文出版社是一个神圣美好的所在，她之于我，犹如渊博的师长之于充满求知欲望的学子，犹如琳琅满目的食品店之于旅途上饥饿的行人，犹如清澈奔流的山泉之于溪畔焦渴的蕨草。从少年时代，我就开始阅读外国文学作品。我读小学的时候，我的一个姐姐正在上高中，她是一个文学爱好者，经常从图书馆里借一些外国文学名著回家。我从小爱读书，无论什么书，拿到就读。姐姐借回家的所有外国文学作品，我都要读一遍。像乔叟的《坎特伯雷故事集》，塞万提斯的《堂吉诃德》，梅里美的《嘉尔曼》，雨果的《悲惨世界》和《九三年》，巴尔扎克的《高老头》，托尔斯泰的《安娜·卡列尼娜》和《复活》，陀思妥耶夫斯基的《被侮辱的与被损害的》和《白夜》，莱蒙托夫的《当代英雄》，屠格涅夫的《猎人笔记》《父与子》《罗亭》和《前夜》，奥斯丁的《傲慢与偏见》，司汤达的《红与黑》，德莱塞的《嘉莉妹妹》，辛克莱的《黄金梦》，哈代的《德伯家的苔丝》，狄更斯的《奥列佛尔》和《双城记》，霍桑的《红字》，马克·吐温的《汤姆·索耶历险记》和《哈克贝里·芬历险记》，高尔基的《童年》和《母亲》，奥斯特洛夫斯基的《钢铁是怎样炼成的》……这些书，我都和我的姐姐同时读。当时年纪小，读书总是囫囵吞枣，有时似懂非懂，但那些外国的文学作品还是像磁石一般地吸引了我，它们向我展现了无数陌生神奇的境界，为我描绘了世界各地的风光和形形色色的人物。那是一片蓝色的海洋，辽远广阔，令我神往。我想，我了解世界，迷恋文学，就起始于这些外国文学作品。小时候读书不怎么关注作者，读外国文学作品也从不留意译者为谁，所以现在回想起来，当年读的这些世界名著出自谁的译笔都记不得了，这些书由哪家出版社出版也模糊了，然而毫无疑问其中有很多书是上海译文出版社出版的。

读中学的时候，我开始接触外国诗歌，那是60

年代初。记得是在读初一的时候，我在上海旧书店里淘得一些外国诗集，其中有郭沫若翻译的《浮士德》，郑振铎翻译的《飞鸟集》，还有一套平明出版社出版的新诗丛，都是普希金的诗歌，译者是查良铮，出版于1955年。这六本诗集中有五本长诗：《波尔塔瓦》《青铜骑士》《高加索的俘虏》《加甫利颂》和《欧根·奥涅金》，还有一本《普希金抒情诗集》。那时还没有上海译文出版社，所以在我的心里，这平明出版社便是上海译文出版社的前身。这六本普希金的诗集是我中学时代最喜爱的书，我曾经能背诵很多普希金的诗，可以说，我后来写诗，和当初读这几本诗集有很大的关系。《普希金抒情诗集》后来扩展成《普希金抒情诗一集》和《普希金抒情诗二集》两本，1958年由新文艺出版社出版，这也是我珍爱的两本书，章西崖为它们设计的封面也是所有普希金诗集的中译本封面中我最喜欢的。封面的图案是一扇窗户，窗户中有诗人的剪影，他正就着烛火俯首吟诗，窗外，秋风萧瑟，枯叶在残枝上颤抖……这几本书我很珍惜，为减少磨损，我就用透明的纸很仔细地将封面包起来，但它们还是被我翻得很旧。“文革”中，我的很多心爱的书都被人付之一炬，其中就有这些普希金的诗集。注视着烧书的火焰，看着那些变成了黑色蝴蝶在火光里飞舞的书页，我曾经黯然流泪，以为它们将永远离我而去。然而我的担心是多余的，那些曾经激动过我的诗歌，那些美妙的幻想和深沉的激情，已经浸透在我的灵魂中，没有任何力量能将它们从我的心中抹去。我离开上海市区去崇明岛插队落户时，简单的行囊中并没有《普希金抒情诗集》，但是，在船上，面对着烟波浩渺的江海，我情不自禁地低吟起普希金的《致大海》：

> 再见吧，自由的原素！
> 最后一次了，在我眼前
> 你闪耀着骄傲的光芒，
> 你的蓝色的浪涛在翻卷。
> ……
> 你在期待，呼唤……然而我
> 却被缚住，我的心徒然
> 想要挣开，是更强烈的感情
> 把我迷住，使我留在岸边……
> ……

我的心里将要充满了你，
我将把你的山岩，你的海湾，
你的光和影，你的浪花的喋喋，
带到森林，带到寂静的荒原。

在我年轻的心里，回荡着普希金的这些诗句，它们和我的未可知的前程和陌生的处境竟产生了如此强烈的共鸣。在我插队落户的岁月中，普希金的诗歌一直陪伴着我。我的日记扉页上，抄录着普希金的《假如生活欺骗了你》：

假如生活欺骗了你，
不要忧郁，也不要愤慨！
不顺心的日子暂且容忍，
相信吧，快乐的时光就会到来。

我们的心永远憧憬未来，
尽管活在阴沉的现在。
一切都是暂时，稍纵即逝，
而那逝去的，将变得可爱。

在那些不顺心的阴郁的日子里，每读普希金的这首诗，我都会得到一种安慰，获得一种超然的宁静。那时，我住在一间没有电灯的草屋里，我在自己的日记里用诗讴歌自然、探索人生，我的眼前常常会出现章西崖设计的那本《普希金抒情诗集》封面。瘦削的普希金正伫立窗前，在摇曳的烛光中为我朗诵他的诗篇，窗外，秋风呼啸，枯叶在天空中飘旋……

80年代初，我曾以“诗魂”为题，写了一篇散文，写了我和《普希金抒情诗集》的故事，写了我对诗人的怀念，表达了对那个灰暗时代的复杂感情。苏联的汉学家、莫斯科出版社总编辑别仁将这篇散文翻译成了俄语介绍给俄罗斯读者。别仁曾对我说：“想不到，你们中国作家对普希金会有这么深的感情。”我想，这大概不仅是对某个外国诗人的感情，也是我们这个时代的中国人对文学、对理想的一种追求。我的好友，当时的《文汇月刊》副主编罗达成得知我曾失落《普希金抒情诗集》，而且知道我非常珍视这套书，便慷慨地将他自己珍藏的《普希金抒情诗一集》和《普希金抒情诗二集》送给了我。想不到，他将这套旧书保存得完好如新，三十余年的岁月没有损坏其中的任何一页。我想，在把几乎所有外国文学名著“扫入历史垃圾堆”的年代，像我这样依然迷恋它们的读者，大概不是少数，罗达成也是其中一个。70年代末80年代初，上海译文出版社又开始大量出版外国文学名著，我很难忘记年轻人在书店柜台前排队争购的情景，当时我正在华东师范大学读书，我也是等在书店门口排队的热心读者之一。上海译文出版社出版的每一种外国诗集，只要看到，我都会毫不犹豫地购买，其中有冯春翻译的《叶甫盖尼·奥涅金》。然而我却没有看到查良铮的译本，后来购得由江苏人民出版社出版的两本《普希金抒情诗选集》，由四川人民出版社出版的《欧根·奥涅金》，这正是查良铮当年的译本。我很奇怪，为什么这几本书没有由上海译文出版社重版？

90年代初，我以一个中国作家的身份访问了俄罗斯。在圣彼得堡，我参观了普希金上过中学的皇村，参观了普希金故居，这些地方曾使我魂牵梦绕。走在普希金经常散步的林荫道上，站在普希金的书房里，我凝视着诗人的书桌，凝视着书桌上他的手稿，心里回响着他的诗句，也想起了少年时代读《普希金抒情诗集》的日子，想起了插队落户岁月中背诵他的诗作的情景……

今天，我写下这些往事并不是简单地为怀旧，我想表达的是对上海译文出版社的感激之情。我和上海译文出版社的关系是一个读者和出版社的关系。我想，中国的所有作家，所有文学爱好者都是上海译文出版社的受益者。几十年来，上海译文出版社出版的无数优秀外国文学作品开阔了我们的眼界，开拓了我们的思路，使我们对世界的文学有较全面的了解。我虽然没有机会在上海译文出版社出书，但是我有机会认识了上海译文出版社的一些编辑，他们都是颇负盛名的翻译家，譬如翻译过泰戈尔散文诗的吴岩先生，翻译过莎士比亚十四行诗的方平先生，翻译过大量外国儿童文学作品的任溶溶先生，翻译过《克雷洛夫寓言集》的包文棣先生，翻译过卡夫卡小说的汤永宽先生，翻译过《蒲宁选集》和《阿赫玛托娃诗选》的戴骢先生，翻译过《追忆似水年华》的周克希先生，他们严谨热情而诚恳谦和的风格都给我留下深刻的印象。我想，这大概也是上海译文出版社的风格吧。这些年，我曾出访一些国家，也经常接待一些访问中国的外国作家，其中有不少来自欧美的作家。交谈中，我们中国的作家对欧美的文学非常熟悉，可以就很多作家和他们的作品发表议论，而欧美作家对中国当代文学的了解程度却肤浅得可怜，有很多人几乎是一无所知。我曾经对一些外国作家说，在文学作品的交流方面，中国和欧美处于一种极不平等的状态。在中国，有无数以翻译优秀外国文学作品为己任的翻译家，有上海译文出版社这样专门出版外国文学作品的出版社，大半个世纪以来，我们一直在源源不断地翻译介绍世界各地的文学作品。而在国外，能把用方块字写成的中国文学作品翻译成其他文字的，又有多少人？而像上海译文出版社这样专门介绍出版外国文学作品的出版社，外国恐怕也稀有。我想，这种“不平等”，对于中国不是耻辱，它至少向世界证明，中国的文学界和出版界从来不是闭塞保守、夜郎自大的封建堡垒。

在上海译文出版社庆祝生日的时刻，我衷心地为她祝福，祝福她兴旺发达。我相信这是广大读者共同的心愿。上海译文出版社的兴旺对于中国的文学爱好者来说，永远是一种福音。

1997年7月3日于四步斋

诗人大冈信

那天下午，东京下着小雨。远处的高楼在迷蒙雨雾中失去了曲折的轮廓。行人打着彩色的伞，在街上匆匆行走，看不清他们的表情。雨中的东京变得有点朦胧。山之上宾馆据说是日本作家最喜欢的一家宾馆，很多作家曾住在这里写作。我在宾馆的一个会议厅里等大冈信先生。

大冈信先生是日本著名的诗人，被认为是日本战后最有成就和最具代表性的诗人，曾经担任日本笔会的会长。1990年，中国的《世界文学》为他出过一期专号，发表评介他的作品。那期《世界文学》的封面是大冈信的一幅油画肖像，他沉思的表情、忧郁的目光，和他的诗作一样，留给我深刻的印象。三年前，他和日本画家高山辰雄一起访问中国时，我和他有过交往。大冈信对上海有着特殊的感情，因为他的祖父在第二次世界大战前一直生活在上海，虹口的吴淞路上的一栋小楼是这位日本老人生命的最后归宿。那次访问中国时，大冈信曾到吴淞路去寻访祖父的旧居，他找到了那个门牌号，里面住着他不认识的中国人。他只是在门口默默地站了一会儿，拍了一张照片，怅然离去。在上海时，他对我说，他已经好几年不写诗了，原因是那几年日本发生了很多使他不愉快的事情，譬如阪神大地震、奥姆真理教。我问他会不会用诗来回忆他的中国之行，他笑着摇头，说不知道。这次在日本和他重逢，我很想知道，他是不是又拿起了写诗的笔。到日本后，处处能发现大冈信在日本的影响力。日发行量800万份的《朝日新闻》上，每天有大冈信的文章，这是一个开了20年的专栏，已经写了五千多篇，虽然每篇只有几百字，但写了20年，篇幅早已超过《万叶集》。不过，这些文字不是诗歌，而是他读诗的心得。也许，更多的日本人是从这些谈诗的文字中熟悉了大冈信。在书店里，我也看到不少大冈信的书，有他的诗集，也有他的评论集。不过，一个作家，要人人都喜欢他的作品，永远也不可能。就在我访问日本的前不久，有人在报纸上批评大冈信，说他的文字失去了先前的那种智慧和光彩，变得越来越平庸乏味。甚至有人说他的脑子出了问题。我不知道这些批评的根据是什么，在我读到的他的诗文中，我感觉到的是罕见的才华，平庸这两个字和他的诗歌没有关系。

大冈信来了，行色匆匆，浅蓝色的西装上闪烁着晶莹的光芒，这是落在他身上的细小雨珠。他是东京艺术大学的教授，在和我会面之前，他正在给学生上课。和三年前相比，他没有多少变化，只是脸上仍然带着那种淡淡的忧郁，还有几分疲惫。我们回顾了三年前的会面，然后谈了对上海和东京的看法。对上海这几年的建设，大冈信印象深刻。我说，下次再来上海，你大概会更吃惊，只是你祖父的故居也许已经不复存在。新的事物替代覆盖旧事物，这不以任何人的意志为转移。不过，我们生活过的老城在消失，这是遗憾的事情。我谈到刚刚去过的京都，那里的旧城被保存得如此完好，使现代人为之陶醉。大冈信说，文学其实也是这样，每个时代都有不同的感情、不同的生活，因此也会产生不同的文学。不同时代的文学作品其实并不互相排斥，它们可以并存，同时给人美感。中国的文学史已经证明了这一点。现代化的喧嚣使很多文学家感到忧虑和失落，这也很自然，然而不必担心文学的前途。我想，在这位诗人忧郁的外表下，潜藏着乐观的心。我问起他在《朝日新闻》上那个写了20年的专栏，这是我很有兴趣的话题。在我的印象中，中国的作家很少有人能够将一个专栏坚持写这么长时间。大冈信的专栏，名字是“时代之歌”，每次摘引一两行诗句，再写一二百字的短文作为评点，并且借题发挥，谈他对历史、生活和艺术的看法。他说，他的那些谈诗的短文是一些小石头，每天一颗，投向读者的心泉。这些小石头是语言的结晶，它有声音，有气味，有冷暖意味，它可以在读者的心中溅起晶莹的水花。这正是他对诗歌功能的诠释。在他的专栏中，也有对中国诗歌的介绍，不过他引用的诗句都是古代汉诗。这也呼应了他的观点，真正的文学不会过时，也无法被替代。我问他，从中国回来后，是不是写过诗，他摇了摇头，脸上是无奈的表情。他说，写诗需要激情，现在我没有这样的激情，而且现在我太忙。我和他开玩笑说，你搁笔不写诗是日本文学的损失。听我这么说，大冈信的脸上露出笑容来。

三年前读大冈信赠我的诗集后，我曾写过一首汉俳："瀚海汇胸臆，幽风撩襟怀，轻翼舒展凌云天，心花遍地开。"这次访日前，我请女书法家李静抄录了这首诗。临分手时，我把李静的书法送给他，他打开画轴，仔细欣赏了一番，很认真地对我说："回去后，我要把它挂在墙上。"

我送大冈信先生到宾馆门口。他仍然步履匆匆，好像还有很多事情要去做。我目送他矮小而结实的背影消失在东京春日的小雨中。我不知道他要走向何方，也不知道他会不会重新再写诗，重新拿起那支曾在他的手中迸射出奇异光彩的诗笔。此刻，在我的脑海里出现的是他的两句诗："我不认为，一首诗会有完成之时。"我在心里默默地说："诗人，继续你的诗篇吧，不管它们是不是那些分行的文字。"

1999年5月

瞬间和永恒

最近几年，不少出版社以老照片为题，出版了很多回顾以往岁月的图书。读者喜欢这样的书，因为那些书真实地记录了历史的老照片，使一些曾经发生过的事件定格在方寸之间。看这些老照片，仿佛时光倒流，使人又回到了从前。以这样的方式回顾历史，其直观和形象的效果是文字无法替代的。我也喜欢读这样的书。我的书柜里有好几本这样的书，它们是我常常想翻一翻的，譬如科学普及出版社出版的《旧中国大博览》、广东旅游出版社出版的《中华文明大博览》、上海人民美术出版社出版的《上海百年掠影》、江苏美术出版社出版的《老房子》等。这些书印刷精美，图文并茂，引人入胜。上海画报出版社出版的《突发事件》也是我常读不厌的一本书。这是一本摄影作品集，汇集了1906—1972年间美联社的优秀新闻摄影作品，在这些黑白的老照片中，真实地记录了20世纪前70年中世界上发生的各种各样的事情：战争、爱情、谋杀、地震、火灾、沉船、艺术的魅力、科学的奇迹、突发的灾祸……其中有政治家的表情，也有平民百姓的生活；有大自然的运动，也有人间的悲欢。镜头一瞬间的闪烁，记录下的是历史的永恒。且说这本书中的一幅题为“破灭的梦（*End of a Dream*）”的照片：1971年2月22日，14岁的澳大利亚少年基思想到日本去旅行，没有钱买飞机票，他溜进机场，偷偷地爬进一架巨型喷气客机的起落架舱，想躲在那里飞抵日本。飞机升空后，驾驶员按电钮收起起落架，起落架舱门大开，躲在里面的基思便滑出机舱，向地面坠落……就在基思滑出机舱的同时，正好有一个业余摄影师在机场上试他的照相机新镜头，他对着升空的客机按下了快门。想不到，他竟把一个无人能预料的悲惨场面拍了下来，照片上的基思在空中抱着头，两腿叉开，像一只白色的飞鸟，无望地飞向死亡。这张照片当时曾轰动世界，它震撼了无数人的心。人生的无常和生命的脆弱，在那张黑白的照片上被展现得惊心动魄。摄影者名叫约翰·吉尔平，这是他一生中唯一发表的照片，这张碰巧拍到的照片使他成名，也给他带来巨大的财富，却无法给他带来快乐。他说："不，我不愿意把这样一张照片挂在我家的墙上。"我相信，这样的照片会使任何一个看到它的人难以忘怀。这本书中的很多照片是一些勇敢的摄影记者用生命和鲜血的代价换得的，它们使人在缅怀历史的同时，也对那些摄影者肃然起敬。

今年是中国知青上山下乡运动30周年，不少出版社以此为题材，准备策划出版类似于"老照片"的图书，我收到了好几封征集老照片的约稿信。然而很遗憾，我竟然找不出一张当年我在崇明岛插队落户时拍的照片。吉林人民出版社马上要出版一套"老三届"作家回忆当年插队生涯的丛书，其中也有我写的一本，书名是"在岁月的荒滩上"。这套书也要求作者在书里附一些老照片，尤其是当年在乡下拍的照片。我翻遍了箱子和抽屉，还是没有找到一张这样的照片，只能用几张在同一时期摄于上海的照片充数。有年轻的朋友问我："那时，你为什么不拍几张照片呢？"我的回答很简单："那时，根本没有机会拍照，也没有兴致拍照。”30年前，照相机在中国还是非常稀奇的珍品，拍照也是一件很奢侈的事情。那时，我没有照相机，我插队的那个村子里，很多农民连照相机是什么模样也没见过。即使有照相机，那时我也绝对想不到拍照，整天汗流浃背、蓬头垢面地在地里干活，连照镜子的勇气都没有，哪里来拍照的雅兴？14岁的基思在澳大利亚从飞机上摔下来的时候，我正在乡下插队。因为有照相机，人类在同一时代的不同的生活和命运，还是被许多闪动的镜头摄录了下来。和我同时代的许多知青，不少就有那时的照片。记忆中，那时我也拍过一次照。一次，我和当地农村的一帮年轻人骑自行车赶了五六十里地，到崇明岛的最东端的荒滩上去割草，带队的大队民兵连长借了一台“海鸥”牌照相机，为我们在海堤上拍了几张照，我还记得我在照片上黑而瘦的模样。这是我在乡下“接受再教育”时唯一的一次拍照，然而照片却没有保留下来。那时没有拍照，现在想起来当然很遗憾，不过这是没有办法的事情，我只能用文字来记录当年的生活和感想了。

记得有一位文人说过这样的话：“照片并不真实，

文字才是真实的。”这样的话，似是而非，不过也不能说没有道理。照片上的景象确实未必全部真实。我看到过一些反映上山下乡的摄影图片展，如果没有亲身经历，光从展览会上的照片认识当年的生活，那么，你看到的将是一片明媚的春色，是烂漫的笑颜，是雄姿英发的场面，是慷慨激昂的神情。这样的照片如何诞生，也是可以想见的，摄影者和被拍照的人都做好了充分的准备，摄影者选好了最佳的场景和角度，被拍照的人则换上光鲜的衣服，梳理好蓬乱的头发，摆出摄影者需要的姿态，做出特定的表情，然后才“咔嚓”一声被摄进了镜头。有过插队落户经历的知青都知道，这样的照片并不是当时知青生存和精神状态的真实留影。不过话说回来，如果当年有机会这样被“咔嚓”一下，留下几张青春时代的相片，留下一些那个时代的特定的表情和场面，也是一件很有意思的事情，可惜我没有得到这样的机会。

1998 年 5 月

莱辛，你不必担忧

前些年，有一次见到英国女作家杜丽斯·莱辛，这位在全世界拥有无数读者的小说家说了一句很有意思的话："在这个世界上，有高学历的野蛮人越来越多，令人担忧。"何谓"有高学历的野蛮人"？既有高等学历，却又是野蛮人，岂不矛盾？莱辛的解释是，这些人受过高等教育，拥有硕士、博士头衔，但他们不读书，不关心文学，不懂得关爱他人，不懂得如何交流情感，乏味，冷漠。这样的人，难道不是野蛮人？

莱辛的话，使我受到震动，也使我产生共鸣。她的这种看法，大概不仅仅是说英国人，也是针对所有急功近利、心浮气躁的现代人。受过高等教育，懂得各种先进科技知识，却依然是野蛮人，似乎有点冤枉，然而莱辛还是有她的道理。试想，如果世界上的人只知道竞争赚钱，只想着如何与冷冰冰的机器打交道，只考虑怎样把电子仪器设计得更加精密，而将心灵封闭，将情感放逐，将人类追求了千百年的人文精神埋葬在荒郊野外，这是何等可怕的景象。依莱辛的看法，这类现代野蛮人之所以变得野蛮，就是因为他们不读文学作品，疏远了优秀文学作品中宣扬的人性和人文精神。

我们可以把莱辛的话当作一个寓言，其中的含义值得深思。大半个世纪以来，世界发生了巨大变化，人类上天入地，在科技和工业领域里发动了一场又一场革命，从前人们的梦想不少都变成了现实。然而，在精神领域中，人类的很多追求一如既往。科技的发展使一些非人性的因素扩张，也因此使很多人为此担忧和困惑。其实，只要人性不变，人类对理想和幸福的追求还在延续，那么不用担心，文学不会消亡，作家也不会断绝香火。会有人继续写下去，也会有人继续被新的优秀的文学作品吸引、感动。罗曼·罗兰说，对音乐的发展，无法用“进步”这个词来表述。我想对文学也一样，一个时代有一个时代的文学，它们用不同的方式记录了不同时代的感情和智慧，它们之间永远也无法替代，也无法比较孰优孰劣。你无法说宋词比唐诗高明，更无法说《红楼梦》比宋词进步。不用担心，总会有美妙动人的文字来传达新时代的感情和智慧。莱辛在思索、在写，比莱辛更年轻的作家也在努力创造。放眼世界，大致如此。只要人性没有消失，张扬人性的文学就不会退出我们的生活。所以，我们不必太担忧，要将人类拽回到非人性的野蛮时代去，恐怕不那么容易。

最近，读到好几篇预言文章，那些聪明的预言家们用很夸张的语词预言，在新的世纪，传统的读书方式将会逐渐消亡，电脑和网络将取代书籍，人们再也不会一个字一个字地书写，再也不会一页一页地读书。我们曾经读过的那些经典著作将变成文物陈列在博物馆，已经不知读书是怎么一回事的后人会对着这些砖头一样的书籍惊叹："我们的前辈居然会有耐心看这样落后的玩意儿！"这样的预言，我以为幼稚可笑，是痴人说梦。科技再进步，电脑再升级换代，传统的书籍依然不会退出历史舞台，传统的阅读方式也不会被其他媒体取代，它们顽强的生命力一定会被时间证明。现在的不少青年人以在电脑屏幕上阅读为时髦，其实，闪烁在屏幕上的文字，也就是那些浓缩在光盘中、滚动在网络上的文字，和捧在手里一页一页翻动的书籍没有本质上的区别。所以我也可以大胆地预言，在新世纪，全世界的出版社都不会关门，印刷书籍的机器还会照样运转。我们生活的时代，依然是读书的时代。

2000年1月6日

又见故人来

——重读《西窗集》

《西窗集》是一本薄薄的小书，现在的年轻人读过此书的恐怕不会太多。文学界的人也未必人人都读过。然而这却是值得一读的一本书，一本以小见大的书，一本展现了文学的真魅力，也展现了人心浩瀚的书。20年前初读《西窗集》，曾为之痴迷。近日重读此书，感觉是在会一位久别重逢的老朋友，在他的身上没有发现衰老的迹象，看到的仍是一脸的优雅和新奇。

《西窗集》是诗人卞之琳于20世纪30年代翻译的一本书。此书的体例很独特，书中选译了一批西方作家的作品，但大多是节译而非全译。将一些没有译全的作品集中在一起，似乎是一种残缺的组合。然而读这本书时，却没有残缺的感觉。书中的作品，大多写于19世纪末或者20世纪初，是文学创作中最初的“现代主义”潮流中的晶莹浪花。在20世纪20年代，这些作品曾是欧洲文学界的时髦读物。时髦读物未必能流传于世，很多鼓噪一时的时髦读物很快就被人们忘记。而《西窗集》中的文字，现在读来依然魅力四射，这不得不让人佩服卞之琳先生的眼光和品位。20年前读这本书时，我曾信手记下这样的感想："什么叫做才华？且看此书中的文字，任何一篇都会出其不意地给你惊喜。现在那些渐渐热起来的所谓现代派的新创作，和这些文字一比较，便少了新奇感。"

且看此书作者的名录。法国七位：波德莱尔、普鲁斯特、玛拉美、瓦雷里、保尔·福尔、纪德、阿克雷芒；英国两位：史密斯和伍尔芙；另外还有奥地利的里尔克、西班牙的阿索林、爱尔兰的詹姆斯·乔伊斯。这些名字在一起，确实是一个奇怪的组合，诗人、小说家、剧作家和散文家杂居一室，似乎不伦不类。但卞之琳先生邀集他们，自有其道理。书中的文字都是诗意极浓的散文，或者可称之为散文诗，即便是几位小说家的小说节录也不违其旨。这很有点像中国的“文人雅集”，志同道合，却各呈其异。波德莱尔、普鲁斯特、瓦雷里、里尔克和乔伊斯这些名字，在20世纪后期越来越被中国的文学界推崇。

书中有几位作家，在中国似乎一直没有成为明星，我以为他们同样值得一读，譬如西班牙的阿索林。阿索林是一个很独特的作家，他写过不少小说，也写过几本薄薄的散文集。他的文学成就主要体现在散文中。他不慌不忙地描绘着他熟悉的人物，讲述着他的故事，文字中弥散着陌生且略带神秘的气息。那种沉着和优雅，在当今作家的文字中已经难得一见。作品中除了散文，还收了他几部小说的片段。奇怪的是，这些片段的小说却不让人觉得突兀和残缺，它们虽不连贯，却如同一篇篇独立成章的散文。阿索林的小说追求的不是故事的离奇和曲折，而是一种浪漫的气氛。除了《西窗集》，阿索林散文的汉译本我只见过另外一种，那是戴望舒和徐霞村一起翻译的《西班牙小景》(20世纪30年代初版时书名为“西万提斯的未婚妻”)。可见在20世纪30年代，阿索林的创作是如何吸引了中国一批年轻而有才华的诗人和作家。阿索林的文字有一种音乐的节奏，即便被翻译成了汉语，还是能感受到那种与众不同的节奏。这些文字使我想起西班牙作曲家法利雅，他的交响印象曲《西班牙庭园之夜》和阿索林的散文诗有异曲同工之妙。法利雅和阿索林是同一个时代的人，他们在创作中流露出相似的情绪，大概是很自然的事情。现在的很多写作者，心气浮躁，写出的作品也难免有猴急相。读一读阿索林，有好处。

保尔·福尔的名字，中国的读者大概也不熟，他是诗人，也是剧作家，曾是法国19、20世纪之交文学试验的革新代表作家之一。收在《西窗集》中的《亨利第三》，体裁很独特，像诗，也像散文，像小说，更像戏剧。作品中涉及的法国历史我不熟悉，然而福尔在作品中营造的气氛却引人入胜。人物像影子一样，在他的文字中忽隐忽现，生者和死者在皇宫里互相凝视、互相盘问，他们的对话犹如空谷回音。这样的气氛似曾相识，那是在他之后的一些作家的作品中，胡安·鲁尔福的《佩德罗·巴拉莫》，马尔克斯的《百年孤独》，还有另外几位拉美“魔幻现实主义”作家的小说中，也有这样的氛围。毫无疑问，不是福尔受他们的影响，而是拉美的作家在步福尔的后尘。

史密斯的《小品》，每篇一二百字，简短的文字中闪烁着智慧的光芒。一棵树，一件旧衣，一个单词，一个念头，便成为作家叙述、抒情和思索的对象和契机。这是表达对人生和文学的见解的极妙方式。这样的短章，使人想起和史密斯同时代的泰戈尔和纪伯伦。不过，《小品》还是不同于泰戈尔和纪伯伦那种哲人式的咏叹，它们大多直接来自生活的感受，即便是议论也脚踏实地，而不是在半空中。这样的文字使人感觉亲近，由亲近而遐想联翩，思绪能走得很远。史密斯的创作理念和形式直到现在还有人在模仿。也许不是模仿，而是大半个世纪后的不谋而合。文学的传承和创新，有时候就是这样交织融合。

英国女作家维吉妮亚·伍尔芙的短篇小说《在果园里》也极短，千余字而已。然而极短的篇幅中却蕴藏着幽远的意韵。一个少女躺在苹果树下遐想，梦想中的人生和现实生活的巨大反差，在缥缈如仙境的自然中合而为一。生活是窘迫的，但心中的美妙憧憬依然存在，并时时引导你超越现实，翱翔于奇丽的梦幻世界，而这种超越的跳板是大自然。在小说中，作家满怀深情地描绘果园里的树，人和自然的关系如同水乳，如同云雾，我欣赏这种能让人摆脱喧嚣的情调。在现时的文学作品中，这样的情调越来越少，我想，浮躁和焦灼，绝不是现代人仅有的特征。

《西窗集》中有普鲁斯特《追忆似水年华》的节选，是小说的开篇第一段。在这部皇皇巨著中，这一段文字是我最喜欢的。能将一个人在将睡未睡、将醒未醒时的思绪转化为文字，能将似梦非梦的幻觉描绘得如此传神，只有普鲁斯特能做到。有人将这段文字另名为“睡眠与记忆”，我以为很妥帖。我对照了其他译本，卞之琳先生的译笔还是有过人之处。这样的文字应该让诗人来翻译。我问过一位从事法国文学翻译的朋友，在《西窗集》之前，还没有人将《追忆似水年华》翻译成汉语。此书的全译本在五十多年后才出现在中国。卞之琳先生没有能将《追忆似水年华》全书译出，是一个遗憾。否则，也许能给中国读者描画一个更为真实完美的普鲁斯特。当然，这只是我的一厢情愿。如果卞之琳先生倾全力译完这部巨著，那么，中国也许会多一位大翻译家，而少一位诗人和学者了。

卞之琳先生说，当年他翻译这本书“只是为了练笔，为了遣怀，为了糊口，信手拈来”，是一种“漫不经心，随意摘拾的文学散步”。为了糊口，卞之琳先生大概并没有夸张，当时的文学青年差不多都在为糊口而挣扎着。然而“为了糊口”翻译出如此美妙的一本书，真让人感慨。可以想象，卞之琳先生的阅读范围是何等博杂宽泛，否则，要想漫不经心地“信手”拈出这么多精妙的文字，绝无可能。现在的年轻人，如果“为了糊口”，大概不会去选译这样的文字。不过以我的眼光来看，《西窗集》的生命力要比时下的很多畅销书更强大、更恒久，今天我很动情地写这篇读后感，便是一个证明。

《西窗集》初版于1936年，是郑振铎主编丛书中的一种。此书重版于1981年，是江西人民出版社“百花洲文库”中的一种。我读的是重版本，为《百花洲》编辑、诗人洪亮所赠。当年的书价仅0.47元。现在如果有出版社愿意策划重版此书，我以为仍是明智之举。

2000年9月3日于四步斋

音乐塑造人生

——读阿加莎·冯·特拉普《音乐之声的故事》

近日读阿加莎·冯·特拉普的《音乐之声的故事》，引起一些回忆和联想。

第一次看电影《音乐之声》是在1977年春天。那时“文化大革命”刚结束，文艺界有一种劫后重生的感觉，上海在展览馆召开了一次大型文艺座谈会，很多销声匿迹多年的文化名人出现在座谈会上，如巴金、于伶、柯灵等。座谈会的尾声是观赏一部“内部电影”，这是一个无比美妙的尾声。这部电影就是美国影片《音乐之声》。曲折跌宕的情节，诗一般展现在优美的音乐中。爱情和亲情、真诚和伪善、正义和邪恶在这部电影中被表现得扣人心弦。电影结束时，剧院里爆发出一片掌声。看电影鼓掌在当时很反常，而且是一部好莱坞的“内部电影”，但这掌声是情不自禁的，是大家发自内心的赞叹。《音乐之声》在当时引起的震动，真可以说是惊艳，是幽暗中的一道闪电。文艺座谈会结束后，这部电影在很长时间里成为大家议论的话题。几年后，《音乐之声》在中国公开放映，玛利亚和特拉普上校成为家喻户晓的人物，电影中的歌曲也开始在中国广为流传。这段往事很有说服力地证明了艺术的影响和魅力。

电影《音乐之声》是根据真人真事改编的。《音乐之声的故事》的作者阿加莎是《音乐之声》中大女儿的原型。写这本书时，阿加莎已经87岁。她以一种平和的心情回忆了冯·特拉普一家将近一百年的历史，书的风格平实朴素、娓娓道来、有点絮叨、有点琐碎，但都是实在的叙述，没有夸张的描绘。特拉普上校一家的生活经历和电影《音乐之声》并不完全相同。书中给人印象最深的人物是阿加莎的父亲特拉普上校。这是一个有传奇色彩的军人，曾指挥奥匈帝国潜艇击沉一艘法国潜艇，成为海军英雄。他很早就退役了，所以有很多时间和家人生活在一起，成为家庭生活中的主角。他正直坚毅、热爱生活、富有情趣、处世低调。孩子们对生活和音乐的爱是受了他的影响。和电影中的上校不一样，孩子们自有记忆以来，他就是一个慈爱和善的父亲，并没有电影中那种戏剧性的性格转变。阿加莎和她的弟弟妹妹们曾经对电影《音乐之声》颇有微词，认为电影中的情境和他们的生活有距离，不真实，尤其是电影前半部分对父亲的描写，生活中的继母也没有玛利亚那么完美。但是随着《音乐之声》的深入人心，随着全世界对这部电影的认同和热爱，他们逐渐改变了看法。

对音乐的热爱和追寻改变了特拉普一家人的命运，他们的人生因此而变得有声有色、余音袅袅。书中对这个家庭的一些独特生活的描述令人神往。譬如萨尔茨堡郊外的“音乐之旅”，一家人在野外搭起帐篷，在山林间唱歌跳舞，演奏民间流传的“施拉默尔四重奏”。特拉普上校曾带着家人，驾驶一艘帆船在亚得里亚海远航，途中历尽艰险。阿加莎和她的兄弟姐妹们正是在这样的生活中陶冶了性情。唱歌演奏本是这个家庭生活中的自娱自乐，因为几位伯乐的推荐和指导，他们在萨尔茨堡音乐节一举成名，于是开始了特拉普家庭演唱组多姿多彩的音乐生涯。这个家庭演唱组成员都没有受过专业的声乐训练，却能唱出天使般动人的声音，撩动无数人的心弦，在音乐史上，这大概是一个奇迹。在纳粹肆虐的艰难时世，是音乐使他们一家保持尊严，并获得成功和快乐。他们在世界各地演唱了二十年，足迹遍布三十多个国家。但作为歌唱家，他们只有集体出场时才能体现。就像吉他上的六根弦，同在琴上时能弹拨出动听的音乐，离开琴身，便无以为曲。离开这个家庭演唱组独立生活后，阿加莎和她的弟弟妹妹们几乎都没有以音乐为生。然而毫无疑问，特拉普家庭演唱组是世界上独一无二的合唱团体。很遗憾，我至今没有机会听到真实的特拉普家庭演唱组的歌唱，阿加莎在她的书中说，现在，全世界都能买到他们家庭演唱组的唱片，我想，过几天我就要设法去找来听一听。

去年秋天，我访问欧洲，也到了特拉普家庭生活过的萨尔茨堡，这是莫扎特的故乡，处处弥漫着音乐的气息。在萨尔茨堡，我参观了拍摄《音乐之声》的修道院和教堂，当年在电影中看到的令人激动的景象一一重现在眼前。读阿加莎的书时，我的眼前又出现了萨尔茨堡的山林、河流和教堂，当然，还有电影《音乐之声》中那些优美而略带忧伤的歌声。

2004年6月5日于四步斋

时光的魅力

周克希新译的《追寻逝去的时光》第一卷《去斯万家那边》，这次能在众多新版书籍中被选为佳作，我以为当之无愧。

普鲁斯特的这部七卷本长篇巨著是20世纪最伟大的小说之一，这早已是世界公认的事情。这部小说诞生在20世纪初叶，大半个世纪以来在中国一直没有一个完整的译本。我最早看到的部分译文是在卞之琳先生于20世纪30年代翻译的《西窗集》中，只有第一卷开头的那段，写对时间的印象，写梦中似睡非睡、似醒非醒时的一些幻觉。后来有些译本为这段文字取名为“睡眠与记忆”，很妥帖。我喜欢这段文字，也曾经奇怪，一部长篇小说怎么会以这样的文字开头，没有情节，却引人入胜，我无法想象全篇小说会是怎样的面貌。直到20世纪80年代，中国才有了一个全译本，这就是江苏译林出版社的《追忆似水年华》，然而不是一个理想的译本。有很多人参与其事，不同的翻译者，不同的理解，不同的文笔，水平参差不齐，导致全书风格的不统一。对中国这样一个翻译大国来说，这是一件令人遗憾的事情。被公认的世界名著在中国总会有多个译本，而普鲁斯特的这部巨著是个例外。这和它浩大的篇幅和艰涩的文字有关系，翻译这部巨著耗时费力，是一个困难艰巨的大工程，很多人因此望而生畏。我曾经很有兴味地读完了全书，对我来说这是一次很愉悦的阅读，但遗憾是很明显的，那就是对译文的不满。我由此想起傅雷先生，如果傅雷先生还在，他大概会以一己之力独立译完这部巨著，为中国读者提供一个比较完美的译本。现在还有谁能胜任这件事呢？在译林的译本中，我注意到了周克希翻译的那一部分，篇幅不长，只是第五卷《女囚》的前四分之一，一百来页而已，但在全书中，他的译笔是我所欣赏的。前几年，周克希先生开始重译普鲁斯特的这部巨著，对他来说，这是一个很有勇气的选择，这件工作可能要使他后半生伏案劳顿，呕心沥血，但对中国的文学爱好者来说，这应该是一个好消息。我相信周克希先生能为华语读者提供一个优秀的译本，能将普鲁斯特独特的风格以恰当的形态转化成汉字。

现在我们终于读到了全新的普鲁斯特汉译本，周克希先生没有辜负读者的期盼。这是一部精心翻译的书，周克希先生在语言的转化上颇费心思。曾听一些国外的朋友说，普鲁斯特的法语原版读起来很费力，有不少地方晦涩难懂，犹如文字游戏。转化成汉语的小说译文，忠实传达了作者的原意，阅读时并无艰涩感，其中包含着译者的智慧和心血。

我一直以为，文学创作是一种回忆，是对经历过的生活的回忆，是对过去的情感积累的回忆，是对历史的回忆，是对曾经发生过的思想活动的回忆。即便是在小说中展现未来的生活，其实也是回忆，回忆曾经产生过的幻想和假设。

普鲁斯特为我们提供了独特的回忆方式。他的回忆有如微风飘拂，踪迹诡谲，读者无法预知风向。它们有时因一棵树甚至一阵花香悄然飘临，有时因一块甜饼或者一杯椴花茶不期而至。有时小说还会把读者带入他的梦境，使人在似真似幻的气氛中体味他童年的感觉。我还从来没有见过哪个作家，能把童年的梦境回忆描绘得如此生动真实而且深刻。在梦境中，他用诗意的语言构筑他对时空和生命的种种感受。小说开始时，普鲁斯特便用好几页篇幅为读者描绘了他的一些梦境。在这些梦境中，现实和回忆、实景和幻觉如水乳交融般糅合在一起，形成一种真实而又奇幻的景象。从前读过的书中的故事，汽笛、鸟鸣以及各种各样的声音，童年时一些难忘的事件和人物，对一些房间和家具的追忆和幻想，男女间的肌肤之亲……这些凌乱的毫不相干的内容，无序地出现在同一个画面上。这是荒诞却真实的梦幻。我惊异普鲁斯特竟能把这样的感觉描绘得如此生动真切。

且读一下周克希的译文吧："一个人睡着时，时光的序列，岁月和星辰的顺序都围绕着他。他醒来时，会本能地根据这些信息，用一秒钟工夫就能得知自己处于地球的哪一点，度过了多少时间；但是它们的排列可能会发生混乱，甚至出现中断。比如说，夜里没睡好，清晨时分睡意突然在看书的当口袭来，这时他的睡姿跟平时全然不同，他只消稍稍抬一下胳膊，就能让太阳停住甚至往后转，结果刚醒来时的刹那间，他没有了时间概念，还以为自己刚刚躺下呢。再有，如果他在打盹儿，姿势更随便更出格，比如说餐后坐在扶手椅里，那时，逸出轨道的日月星辰就整个儿乱套了，这张魔椅载着他飞速地在时间和空间中遨游，等到睁开眼睛时，他会以为自己是在好几个月以前睡过的另一个地方。而我，哪怕是在自己床上，只要睡意很浓，弥漫到了整个脑海，那些序列就会乱套；这时，我在哪儿这一地点背景，会从意识中飘走，我在夜间醒来，非但不知道自己身在何处，有一瞬间甚至连自己是谁都弄糊涂了。我仅有一种原生态的存在感，一头动物在它的灵魂深处，想必也萌动着这种感觉。我比石器时代的穴居野人还要蒙昧；而这时记忆——不是我此刻所在的地方，而是我曾经在过的那些地方，以及我原本说不定会在的地方的记忆——向我而来，犹如高处伸下的援手，把我拉出这片我无论如何独自挣脱不了的虚无的泥潭。我在一秒钟里就越过了人类文明的一个又一个世纪，朦胧中影影绰绰瞥见的煤油灯的影子，然后是翻领衬衫的轮廓，渐渐地拼凑起了我的自我的本来面貌。”

我曾将这段译文和译林版做过比较，在句式、语气和文字上有一些微小差别，但由此可以看到译者的精心和功力。虽然周克希的译本只出了第一卷，但管中窥豹，可以预期，周的全译本将给中国读者带来真正的惊喜。

这次选送的翻译作品中，任溶溶先生翻译的《夏洛的网》也很可称道。美国作家怀特的这部童话小说情节奇妙，能给人无穷遐想。而任溶溶的翻译，以通俗生动的口语展示了小说的精髓。读这两部新出版的译著，也生出一点感慨。中国的翻译出版一直很热闹，每天都有新的译作问世，可谓五花八门，让人眼花缭乱。但翻译界似乎也存在浮躁之风，从选题到翻译的质量，可质疑点甚多，市场上的译作可以说是鱼龙混杂、良莠不齐。但愿多一些像任溶溶和周克希这样严谨认真的翻译家吧。

2004年7月27日于四步斋

巍峨的托尔斯泰

曾经有报刊给我出题，要我推荐人类有史以来最伟大的十部小说。中国的小说，我首先想到的是《红楼梦》，外国的小说家，第一个出现在脑海里的就是托尔斯泰。然而选他的哪一部小说却使我感到为难。《战争与和平》《安娜·卡列尼娜》和《复活》三部小说都是伟大的作品，选任何一部都不会辱没了那个小说的排行榜。我最后还是选了《安娜·卡列尼娜》，不过加了一个说明：托翁的这三部小说都可以入选。面对托尔斯泰和他的作品，再狂妄自大的家伙，也不敢发出不恭敬的声音。“伟大”这样的形容词，曾经被人用得很随便、很泛滥，用来形容托尔斯泰，却是再妥帖不过的。

托尔斯泰的形象和他的小说似乎有些对不上号。

照片和雕塑中的那个满脸胡子的老人，更像是一个普通的俄罗斯农夫。托尔斯泰是贵族，是大地主，但对贵族的头衔和田地钱财看得很轻。他把土地分给农民，让农奴们恢复自由，自己也常常穿着粗布衣衫，操着农具，和农民一起在田野里劳动。但是他的小说中表现的，却是那个时代知识分子最沉重最深刻的思考，他的小说中展现的宽阔雄浑的场景和丰富多彩的人物，让人叹为观止。他是一个小说家，也是一个哲学家，读他的那些哲学笔记，我也曾被他深邃的思想震惊。不是所有的小说家都在这样锲而不舍地寻找真理，探索人类的精神。他追求的是人与人之间的平等，希望人心向善，希望正义和善良能以和平的方式战胜邪恶。他是一个理想主义者，并用自己所有的生命和才华去追求这理想，尽管这理想在他的时代犹如云中仙乐、空中楼阁。当然，我更喜欢读他的小说，他的向往和困惑在小说中化成了有血有肉的人物，化成了让人叹息沉思的曲折人生。

很多年前访问俄罗斯，我有一个很大的遗憾，就是没有去看看托尔斯泰的庄园，没有去祭扫一下托尔斯泰的墓。托尔斯泰的墓被茨威格称为“世界上最美的、最感人的坟墓”。这位大文豪的归宿之地“只是树林中的一个小小长方形土丘，上面开满鲜花，没有十字架，没有墓碑，没有墓志铭，连托尔斯泰这个名字也没有”，但这却是世上最宏伟的墓地，因为里面长眠着一个伟大的灵魂。

在当时的苏联作家协会的花园里，有一座托尔斯泰的雕像，他穿着那件典型的俄罗斯长衫，坐在椅子上，表情忧戚地注视着每一个来访者。我在他的雕像前留影时，感觉自己是站在一座巍峨的大山脚下。

2005年11月4日于四步斋

他是伟人，也是凡人

——读《伽利略的女儿》

《伽利略的女儿》是一本很值得一读的人物传记。其实传主是伽利略，伽利略的女儿玛丽亚·切莱斯特只是书中插曲。切莱斯特是一个修女，在修道院中度过了一生，伽利略在世的岁月中，她不断地给父亲写信，表达她的爱，叙述她的生活状况，也和父亲讨论各种问题。她留存在世的一百二十多封信是这本传记中最真实最生动的文字，它们记录了很多伽利略父女之间的情感交流，也展现了当时的社会风情。可惜的是伽利略给女儿的回信一封也没有留下来。否则，传记的内容也许会更丰富。光凭这些信件要写出伽利略的一生根本不可能，但达娃·索贝尔却写出了一本内容翔实可信的传记。虽然传主生活的年代已经过去了四百多年，但给我的感觉是，书中的每个细节、每个场景、每段对话，都有出处，绝不是作者虚构的产物。可以想象作者为此付出的劳动，要查阅多少资料，要考证多少典故。读这本书时，我对作者的严谨和细致情不自禁地产生敬佩之情。

这本书有一个副标题：科学、信仰和爱的历史回忆，这个标题和书的内容更切合。达娃·索贝尔以她丝丝入扣的笔触描绘出一个伟大科学家的人生轨迹和追求真理的道路。1600年2月17日，坚持日心说的意大利科学家布鲁诺被烧死在罗马的鲜花广场，这是宗教法庭的无情判决。那一年，伽利略36岁。布鲁诺的牺牲并没有使伽利略停止对真理的追求，他如同飞蛾扑火，继续向那个禁区勇敢进击。人类头顶的星空不是永恒不变的，有很多未知的秘密需要探索。他用自制的望远镜看到了月球表面的凹凸，发现了环绕水星的四颗卫星，还发现了太阳表面的黑子运动，为哥白尼的日心说找到了科学的根据。在宣传推广他的科学发现时，伽利略充分展现了自己的智慧，他不是简单地向那些权贵宣布自己的发现，而是同时赠送望远镜，让他们自己观察证实。在和教会以及权贵们打交道时，伽利略表现出的机智和灵活曾遭人贬低，但这是斗士的智慧。然而他还是难逃教会的迫害，宗教法庭为他所定的罪名几乎和当年加害布鲁诺的罪名差不多。书中非常真实地再现了宗教法庭对他的审讯和宣判，没有渲染，没有拔高传主的虚构，对后人的想象做了科学的更正。伽利略的勇敢、睿智、坚忍和他的困惑、无奈、悲凉是那样不可分割地交织在一起。他受困于黑暗的现实，却远远超越了那个时代。这本书告诉读者：这是一个伟人，也是一个凡人。

2005 年 7 月

中国屏风

在乐山过夜，耳畔有江水流淌的响动。天上一弯残月，满天星斗，把银色微光撒落在江上，水中星星点点的波光梦幻般闪烁。江对岸有闻名天下的大佛，夜色中看不清大佛面容，只有远山神秘的轮廓在深蓝色天幕下变幻逶迤。我知道，大佛的目光亘古如一，沉静、安详，正在月光下俯瞰大江，俯瞰从他眼前流过的岁月……

我想起三十七年前的一个秋夜，也是这样的残月和星光，只是星月下的江面更为辽阔。那时，我在崇明岛插队落户。一天晚上，我和村里的几个年轻人坐在长江的堤岸上聊天，话题是对未来生活的期待。期待什么呢？一个十五岁的少年说："我没有别的想头，只想每天有肉吃。"少年正在发育，个子却怎么也不见长高。他想吃肉，一是因为饿，二是以为天天吃肉就能长高。一个正在谈恋爱的小伙子说:“我想有一件‘的确良’衬衫。”他身上穿着自家织的芦扉花粗布衬衫，他认为如果穿上“的确良”衬衫，他在姑娘的眼里就会很有风度。另一个高中刚毕业的青年，想了想，说:“我想造两间瓦房。”他家住的是草房，三代人挤在一起。他造房子的想法当时遭到大家的嗤笑，认为他属于痴心妄想，是做梦。而我那时最大的念头是到大学读书，随便什么地方，任何一所大学。那时，中国的大学都停止了招生，我的念头确实是梦想。至今，我还记得月光下那些黝黑瘦削的脸，那些凝望着大江的明亮而惆怅的眼睛。

当年的那些梦想，现在看起来算什么呢。那时看来遥不可及的目标，现在似乎都唾手可得。中国这几十年来发生的变化让世界感到惊奇。一个古老贫穷的大国，封闭了很多年，一打开门窗，便活力四射，压抑已久的向往和激情喷涌而出，满世界都可以听见她奔跑的脚步声和热情的呼喊声。这片土地上所有的人都情不自禁地随她奔着跑着，由不得你多想，前方是黎明，是开阔地，是梦想的入海口。

回头看一看，大道已在身后，车辙如麻，脚印杂乱。物质的丰裕满足了人们的需求，也催生着各种各样的欲望。那个当年想造两间瓦房的年轻人，现在住进了有十几间房间的大楼房，每天志得意满地环视着儿孙，心里也许在想，什么时候给孩子买一辆轿车，或者送他出国去……

世界在变，人也在变。我一直在想，中国人的心智和情感这些年中是否也有了一些变化呢？

这些天，在旅途中读英国作家毛姆的《在中国屏风上》，此书写于20世纪初，距今将近90年。我读过毛姆的几部小说集：《月亮和六便士》《刀锋》《天作之合》，可是却没有一本书比这本更吸引我。它之所以吸引我是因为毛姆以真实的笔触描绘了20世纪初的中国，他的生动文字将时空的距离瞬间消除，引我走进了我的祖父辈生活的年代，看见了80多年前中国形形色色的人。毛姆这本书主要是描写那时旅居中国的英国人和其他来自欧美的洋人，对那些以居高临下姿态生活的外来者，他犀利的笔墨中不无批判和嘲讽。然而，更使我感兴趣的是他对中国人的看法，是他对当时中国各阶层人物的描绘。毛姆写了中国的知识分子，写了附庸风雅的贪官污吏，写了低头哈腰的买办，也写了很多普通的劳动者：农民、脚夫、轿夫、船工、僧侣……在一个外国人的眼里，那时的中国人在做什么，想什么？

在毛姆的笔下能看到大部分中国人的穷困的生活状态。他们“神情萎靡，衣着寒酸”，从事着人间最艰辛的工作，犹如一群“忧愁的亡灵”。“在中国，驮负重担的不是牲畜，而是活生生的人”，毛姆曾向一些在中国的外交官表示对这些苦力吃苦耐劳精神的钦佩，这些外交官不以为然，“他们会无所谓地耸耸肩，然后告诉你，那些苦力不过是些牲畜，两千年来他们祖祖辈辈都是挑担子的”。他写到他在一个乡村客店的见闻：“一切都沉寂下来，唯有隔壁一个男子痛苦的咳嗽声。这是一种痨病似的反反复复地咳，听他整夜不停地咳，你不禁怀疑这个可怜的家伙还能活多久。”这是一个象征，这就是外国人心目中“东亚病夫”的形象。

毛姆的书中也写到了中国人一些不文明的习俗。譬如中国人不懂得尊重妇女，不讲卫生，到处是臭气熏天的肮脏环境。一个女传教士对他说：“这是一个远离文明的地方。”令人震撼的是那时很多人对生命的漠视。书中有一篇题为“小城风景”的文章，写到一座婴儿塔，塔边有深坑，专供人们活埋弃婴。这座城市中有一家孤儿院，五个外国修女管理着它，为了劝说人们把婴儿送来，她们给每一个送婴儿来的人两毛钱。一个修女向毛姆解释道："除非给他们一些钱，否则他们才不会费这个事呢。"他们认为把婴儿活埋在塔下比送到孤儿院来更省事。但是，有两毛钱可拿，他们就会给婴儿一条活路了。两毛钱！

在一篇文章中，他写了一个英国外交官看一个中国犯人被枪毙的过程，审判者、行刑者以及旁观者那种冷漠的态度，让人心寒。

在毛姆的书中看不到中国人为自己拥有这片古老的土地而骄傲。也许毛姆所见所闻有限，但那是基本的事实。百年前的中国饱经列强欺负蹂躏，原来的那种天下唯我独大的优越感几乎荡然无存。知识分子不是崇洋媚外丧失自我，就是与世隔绝浑噩度日。书中引人注目的一篇《哲学家》记录了他访问辜鸿铭的经历。辜鸿铭是留德博士，回来却潜心国学，认为中国的哲学远比西方哲学幽深高明。辜鸿铭对外国人的不卑不亢以及他对东方文化的热爱和自信，赢得了毛姆的尊敬。但是毛姆也写了辜鸿铭的陋习：狎妓，吸鸦片。还有一篇《戏剧学者》，写一个留过洋的中国大学教授，他认为外国的一切都比中国优越。毛姆和他谈及庄子，那个教授居然张口结舌，只是茫然回答："他生活在很久以前。"两千多年前的庄子如果飘然归来，会怎样看这样的中国读书人？

毛姆写的这本书对中国人并无恶意，他只是客观地描述他的见闻，发几句感慨。他没有看到中国人的出路何在。有一篇《江中号子》，写的应该就是川江一带的纤夫，那些文字读来让人怦然心动："他们的歌声热切、激昂，那是与汹涌波涛战斗的号子。我不知道该如何形容这号子努力要表达的东西，我想它表达的是绷紧的心弦、撕裂的肌肉和人类战胜无情的自然力量的不屈不挠的精神……他们的号子是痛苦的呻吟，是绝望的叹息，是揪心的呼喊。这声音几乎不是人发出的，那是灵魂在无边苦海中发出的有节奏的呼号，它的最后一个音符是人性最沉重的啜泣。"这些饱含真情的文字引起了我的共鸣，读这些文字时，我很自然地回忆起30多年前在崇明岛上听到的劳动号子，农民肩负重担在田野中行进时，就是这样呼号着，那些发自灵魂深处的声音，我永远无法忘怀。世界上，大概只有中国人曾经这样惊天动地呼号过。这呼号已经刻印在历史的屏风上，发出令人深思的隐隐回声。

回想遥远的昔日中国，对比今天的景象，中国人终于可以扬眉吐气。作为一个中国人的骄傲，再不是空洞的口号。这些年常有机会出国，在任何地方都会遇到中国人，那种异域邂逅的场面不知要比毛姆在中国遇见他同胞的几率高多少倍。中国人的声音正在世界的每个角落发出各种各样的回声。我曾领略中国音乐家在欧洲的音乐厅演奏时的优雅，也见过钱囊鼓鼓的中国游客在外国商场购物时的疯狂；我听说很多中国学子在异域默默苦读的故事，也听见过一些自以为发迹的中国商人在安静的厅堂里大声喧哗……去年冬天，在法国尼斯的一个宾馆大厅里，一个衣冠楚楚的中国人和我擦肩而过，我听到他大声咳嗽了几声，喉中有痰，回头看时，只见他低头对着电梯门口的一个精致的烟灰筒，毫无顾忌地吐出一口浓痰。这时，一个黑人服务员应声走过来，我无法忘记他那种厌恶鄙视的目光……

我的联想也许可笑，但那些细节印入我的脑海，我无法驱除它们。我当然知道什么是大势，什么是支流，也知道瑕不掩瑜的道理。毛姆笔下那些曾经被外国人蔑视的陋习并没有随着经济的发达自动消失，这怎能不让人深思警醒？当代中国如一架奇妙的巨大屏风，正在向世界展现清新而有活力的景象，可是我们千万不要忽略了屏风上那些刺眼的瑕疵，必须用心把它们擦干净。

夜色幽深，我的耳畔是江水沉缓的声音。对岸的山影隐没在云雾之中。凝视朦胧的云山，我的心里仿佛有一扇神奇的屏风升起。屏风上，有大佛沉静的目光，这目光穿过夜色，透射在波涛起伏的江面上，满天星光正是那目光的反照。

2006年9月乐山—上海—深圳

人类的理想

——读《当世界年纪还小的时候》

对现代人来说，世界年纪小的时候是远古时代，那时的景象我们不太清楚，有传说，我们也可以置疑不信。对将来的人来说，现代生活也是世界年纪小的时候。那么，以“当世界年纪还小的时候”作为名字的一本书，会讲些什么故事，会告诉读者什么道理，读者当然有所期盼。

德国作家于尔克·舒比格幻想中的年轻世界是一个奇妙的世界，走进去看看，有点陌生，却也似曾相识。他有时站在古老的土地上，有时在现代人的世界，有时又好像走到了将来。他的故事似乎是胡思乱想、随手拈来。一些故事好像刚刚开了头却戛然而止，让人错愕；一些故事仿佛在自说自话，走在一条看不见终点的曲折小路，把人引入迷宫。

开始读他的故事时，我曾经生出疑惑：这是写给孩子看的吗?

不过，书中的有些故事还是吸引了我，譬如《三张椅子》《小女孩和死神》《巨大的面包》和《如何寻找帮助》。那是我不曾听说过的故事，新鲜有趣，像是古典童话中的人物复活，也像是现代人奇幻的梦境。

本书的作者是一位智者，他的幽默和智慧常常在不经意间流露，让人莞尔一笑的同时悟出幽深的哲理。

我在他的故事中发现了惊人的想象力。《狮子的吼声》里的动物们竟然可以交换声音，狮子的吼声在老鼠小小的喉咙里落户，结果会怎样呢？老鼠的吱吱声没有了家，在山野里到处游荡……《汽车》里那辆任性可恶的汽车破坏了安宁和谐的生活……

有两篇故事特别耐人寻味，一篇是《书》，另一篇是《一千个恶作剧》。《书》中那本书的遭遇似乎荒诞，却可以引发每一个读书人思索：如何读书，如何对待知识。《一千个恶作剧》是本书的最后一篇，读完这篇引人入胜的作品，再也不会埋怨作者不会讲故事。这是一个发生在未来的故事，是一个小魔鬼和一群孩子之间的故事，在这个故事里，魔鬼和孩子们互相关心，天堂、人间和地狱失去了界线，而统领这一切的是一个“爱”字。这是于尔克·舒比格的理想，也是人类的理想。

2006年9月6日深夜于四步斋

心灵是一个幽邃的花园

——读《追忆似水年华》随想

读《追忆似水年华》是一种美妙的精神漫游。在一个个寂静的夜间，独自静静地品读，静静地走进普鲁斯特的世界，可以看到一个人的心灵怎么繁衍、成长为一个阔大幽深的花园。

我对这部小说有着特殊的感情。最早知道它是在20世纪60年代，那时中国还没有此书的译本。有一次，我在上海旧书店买到一本《西窗集》，是卞之琳先生在20世纪30年代翻译的，薄薄一本。卞先生翻译那本书时只是二十出头的青年，他选译了20世纪初一些比较新潮、前卫的外国作品，其风格基本上是散文诗。其中包括许多国家的作家，如西班牙的散文家阿索林，法国作家波德莱尔、玛拉美、瓦雷里、保尔·福尔，英国的伍尔芙，奥地利的里尔克，爱尔兰的乔伊斯，还有普鲁斯特。

《追忆似水年华》是我读过的所有长篇小说中篇幅最长的一部，也是我读过的所有长篇小说中情节最散漫随意的一部，它没有严谨的故事，除了马塞尔以外没有贯穿始终的人物。有时读了好几万字却无法复述到底故事讲了什么。但没有一部长篇小说让我如此着迷，仿佛面对的是一座规模浩瀚博大、结构精致繁复的宫殿。推开那扇看似平凡的门，发现里面竟是个非常奇妙的世界，越往里走就越奇妙，一步一景，引人入胜。这样的小说把精美和博大结合在一起，使这两个被很多人认为是相悖的特点融为一体。普鲁斯特用其精美、精细和精微构造出了一种博大的气势。

读普鲁斯特的这部小说，很自然地让人想起雨果的话："比海洋和天空更为辽阔的是人的心灵。"世界上最丰富和博大的不是我们可以看见的客观世界，而是人类的心灵，这种博大和丰富是无穷无尽的。读《追忆似水年华》就有这样的感受。普鲁斯特的生活不算太曲折，生活阅历也不算太丰富，生活所见也是有局限性的。他没有高尔基那样坎坷多难的青少年时代，也没有杰克·伦敦和海明威那样的传奇经历。如果没有写《追忆似水年华》，人们在墓地回顾他的一生时大概非常平淡。然而在他的小说中，他把心灵之门打开，用他不由自主的回忆方式把这平淡的一生写得曲折而奇妙。心灵的丰富对于每个人都是一样的。心灵的世界是最神秘也是最浩繁的，天地万物，都可以包孕在心灵的世界中，变幻无穷，缥缈无际。当然，只有那些才华出众、思想深邃的艺术家才可能为世人破译并展现这个世界，而且也仅是这世界的一小部分。

读《追忆似水年华》时，仿佛是在一个风光旖旎的花园里信步漫游。你知道这个花园里的风景非同一般，却无法预知将出现在你面前的是什么样的风景，是什么奇花异卉，不知道下面会出现什么样的描述，因为这种回忆不由自主，灵光一现就来了。你沿着曲折的小路慢慢地走着，眼前突然就出现了色彩斑斓的奇境，这些景象似乎是漫不经心地随意设置，却会使你的心弦为之颤动，使你流连忘返，使你惊叹这花园的幽深、奇特和美妙。普鲁斯特小说中的材料似乎并不是为了完成故事的叙述，而是为了表现心灵的活动，为了表现精神在物质中的飞翔。他很明白这样的活动和飞翔绝不可能离开人间，不可能离开他的生存环境，衬托这些心灵活动和精神飞翔的是最日常的生活场景，是优美亲切的大自然，普鲁斯特把它们天衣无缝地融合在一起。西方有评论家这么说："普鲁斯特和他同时代的几位哲学家一样实现了一场逆向的哥白尼似的革命。”在他的具有独创性的小说中，人的精神被安置在广袤的天地中心（这样的说法好像很玄，但很有道理）。小说是对世界的一种描绘，是对历史生活的一种记录，大部分小说家是先用眼睛看世界，然后用文字把所看到的一切记录下来，这是由内而外的。但普鲁斯特的小说则是由外而内的一种表述。把自己的心灵开掘出来，打开心门，让内心深处最隐秘的情感源源不断地喷出来、流出来、飞出来，呈现出一个丰富而美妙的世界。因此我说它是心灵的一片花园。

出现过雨果、巴尔扎特的法国，又出现了普鲁斯特，这是法国文学的骄傲。普鲁斯特和前两位相比一点也不逊色，他们的创作风格完全不同，却都是人类历史上第一流的伟大作家。他们诞生在不同的时代，留下的是对不同时代的一种回忆。普鲁斯特对于文学世界的贡献就像德彪西对于音乐世界的贡献一样，他们都用全新的创造使人们在感觉吃惊的同时，发现对大自然，对人的心灵和感情，原来还可以有这么多新奇却让人共鸣的描绘和解释。以前没有人这么解释描绘过，突然有一个人用这种方式来描绘，那种因新奇而带来的惊喜妙不可言。这就是所谓“人人心中有，人人笔下无”。

普鲁斯特是个病人，却花了15年写这部小说，他确实是用生命写就了这部小说。他是在平静中激动，在激动中平静。一个躺着的病人身体处于非常平静的状态，但心灵却处于不平静中，因为回忆寻找到那些失去的美妙时光使他激动，但在激动中又归复平静。就这样，那些美好的回忆才源源不断地从他的心中涌出来。这部小说耗尽了他的心血和生命。在生前，他并没有感受到这部小说将给他带来巨大的成功和荣耀。这就像比他更惨的梵高，在生前连一幅画也没卖出，过着贫困潦倒的生活，死后才成为大师。现在梵高的任何一幅小品的价值都能使他在当时一辈子衣食无忧，这是他生前做梦都想不到的。普鲁斯特生前谈不上荣华富贵，但也是个知名的作家，家境也一直不错，他的名医父亲有能力养他一辈子。他和梵高一样，也是在离开这个世界之后才被世人认识到真正的价值。读着他的小说，那些心情浮躁、急功近利的小说匠们应该会感到脸红心跳。

翻开小说的任何一页，他对事物的描绘都会让你感到非常意外，让你觉得不可思议。读普鲁斯特的小说时，我经常想起巴尔扎克，同样是法国的文豪，但他和普鲁斯特却完全不一样。有人说巴尔扎克的小说是“干货”，都是非常实在的故事和人物的命运，在他的小说中甚至看不到风景的描写。他的《人间喜剧》只写故事和人物，几乎没有对自然景色的描绘，倘若牵涉到风景天气，他必定惜墨如金。也有很多作家认为小说不需要那些风景的刻画、情绪的描绘，这是浪费文字，是啰唆。但普鲁斯特完全不一样，他小说中的“干货”都是隐藏在湿漉漉的文字里面的。读巴尔扎克的小说时，你甚至不会想到他的人物生活在大自然中，这些人物只是生活在人群中，生活在人群的争斗之中，生活在尔虞我诈之中。你会忘记在此之外还有一个鸟语花香的大自然存在于我们周围。但读普鲁斯特的小说就不是这样。

普鲁斯特像一只飞翔在花木丛中的蜜蜂，他以敏感的视觉、嗅觉、触觉感受着他所认识的大自然，不仅仅有颜色、温度，还有味觉。你甚至可以感觉到他所描绘的大自然的气味，这在其他作家的作品里很少见。他笔下的景物充满了生机盎然的想象力，形象地衬托出人物的精神活动。如他在写马塞尔朦胧初恋的时候，用了很多的笔墨描绘一棵山楂树，在山楂树林里他第一次朦胧地意识到男女之间的爱。在树林里，他看到那位自己所爱慕的女孩，于是那棵开着桃红色花朵的山楂树在他的心目中变成了恋人的象征。“她穿着鲜艳的浅红色盛装，那样的光彩熠熠、笑容可掬。这株信奉天主的娇美可爱的小树啊！我流连在山楂花前，嗅着这无形而固定的芳香，想把它送进我那不知所措的脑海，在飘动中把它重新捉住，让它同山楂树随处散播花朵的、洋溢着青春活力的节奏相协调。这节奏像某些音乐一样起落不定，山楂花以滔滔不绝的芳香给我无穷的美感。”这棵山楂树引起他无穷美妙的遐想，使他度过很多诗意的时光。当他准备与父母离开乡村回到巴黎时，他独自跑到山坡上，搂住这棵山楂树，一边流泪一边与她告别。在母亲来喊他的时候，他搂着山楂树一边哭一边轻轻地说：“我可怜的小山楂树啊！不是你使我伤心，逼我走，你从来也不让我痛苦，所以我将永远爱你！”这是一个多愁善感的男孩所为，他的举动好像奇怪，但是我们读来并不觉得有任何的怪异。这个敏感的孩子成年后仍然对大自然有万般依恋，在他的岁月中从来没有间断过对大自然的眷恋。这是小说主人公的人生状态，也是普鲁斯特的人生状态。

一个热爱艺术的人拒绝大自然的亲近，那是无法想象的。这点引起我强烈的共鸣。我也是一个非常迷恋大自然的人，曾经在农村生活过多年。“文革”时期，我插队落户在崇明岛一个偏僻的村庄里，生活艰苦，处境孤独，心情也忧郁，但我和美妙的大自然朝夕相处，我常常会面对着大自然万种风情产生各种各样的遐想。那时有些农民看见我独自一人坐在海堤上看落日沉江，一直到天黑才回家，担心我这个沉默寡言的知青是不是变傻变呆了，甚至以为我有自杀的倾向。其实他们不了解我，那恰恰是我陶醉享受的时光。面对着美妙的大自然，一切忧伤和忧愁都会在瞬间烟消云散，所以读普鲁斯特对大自然的那些描绘特别能引起我的共鸣。有人说“写小说时不需要对情景的描绘，只要把故事写出来，人物刻画好就足够了”。我不赞同这种说法，也许这种风格也可以达到极致而成为大家，但我更欣赏的风格是在充满着自然景象的那种湿润饱满的文字中展现人物命运的故事。我也看到有些评论家说，这种描绘是中学生的伎俩，只有中学生才会那样做。这样的看法到底是深刻，是成熟，还是浅薄、偏执？读一读普鲁斯特和大自然交流的那些光彩夺目的文字，应该有助于做出明智的判断。在《追忆似水年华》中，我听见普鲁斯特时时都在对我说："好好看，世界上所有奇妙的秘密都蕴藏在这些最简单的事物中。因为你愚钝，因为你麻木，所以你才会视而不见！"现在，科技高度发达、物欲汹涌泛滥的生活会使很多人愈益愚钝麻木，尽管他们觉得自己很聪明，胜过前人。我想，如果能静下心来读读《追忆似水年华》这样的书，我们的精神世界就会丰富一点，我们的愚钝和麻木或许会少一点。

一部小说写得再飘忽，再散漫，再偏重内向的心灵和情感的刻画，也不能没有人物和故事。普鲁斯特作为一位小说巨匠，当然也是塑造人物形象的大师。这部小说中的人物多得难以统计，但是只要人物出现在他的笔下，不管是谁，都是性格鲜明、形象生动，一个个活灵活现地游走在文字之中。小说中很少有贯穿始终的人物，有些人物只是随着场景的出现三言两语一闪而过，却也能给人留下深刻的印象。比如《斯万夫人周围》一章中，他写到一个老犹太人——老布洛克。这是一个并不重要的人物，在书中出现的次数也不多，但是读了有关老布洛克的几段文字之后，这个人物总是在我的脑子里打转。这是一个非常戏剧化的人物，令人发噱，他的表情、个性、语言引起我很多的联想。老布洛克有一种幻觉式的“自觉很了不起的意识”存在着，这是他的自我陶醉。对只是远远见过一面的上流社会中的人，他会大声向别人宣布：“噢！我和这个人很熟！”他还会杜撰出许多无中生有的故事来证实这一点，某某在什么时候和他在一起看过戏或怎么样。对于他没有见过，甚至是没有机会见到的人，他就说自己不愿认识那些人。他这样一边说着一边就得到了心灵的满足，就觉得自己变得高不可攀，认为“我比不愿认识的人还要高”。对于那些伟人，他可以指名道姓，用很不屑的口气谈论他们，虽然他不认识他们，但他可以对他们评头论足，好像表现出“我和他们的关系很密切”，“我对他们评头论足，连伟人我也可以藐视，那么我比伟人还伟大”。普鲁斯特把这种性格称为“自我中心”，即我想什么都可以实现，连虚幻的都能想象成真实的，“自我中心”主义使每个人都把自己看成是国王。其实在普鲁斯特刻画的众多人物中，老布洛克只是他着墨很少的一个人物，但令人难忘。他使我产生联想，觉得似曾相识。其实，在我们中国的文学中也有这样的人物，就像鲁迅先生笔下的“阿Q”。布洛克的“自我中心主义”和阿Q的“精神胜利法”颇为相似。鲁迅写《阿Q正传》的时候，《追忆似水年华》还没有被译成中文，鲁迅肯定不知道有“老布洛克”这样的人物，也不会知道普鲁斯特曾经描绘过一种“自我中心”意识。半个世纪以后，这部小说的中文版才在中国出现。老布洛克这样的人物在中国大概也会有，因为这是人类的一种弊病，也是人性的一种弱点。很多人说阿Q是中国的一种国民性，中国人就是这样的。然而我觉得这种“阿Q精神（精神胜利法）”在全世界都存在。普鲁斯特和鲁迅其实是共同注意到人类的一种弊病，所以他们的小说在不同时期不同地域里创造出了相类似的人物，这并不奇怪。

普鲁斯特擅长刻画女性。读这部小说时，尤其是读第二卷《在少女们身旁》时，我常想起《红楼梦》，想起贾宝玉在一群女子当中的感受。普鲁斯特对女性有一种发自内心的倾慕。无论是青春少女、成年女人，甚或是一些老妇，在普鲁斯特的笔下，都是仪态万方、风姿摇曳，令人赞叹。他描写女性的那些柔情似水的文字让我想起《红楼梦》中曹雪芹对女性的欣赏与爱慕的态度，“女人是水做的，男人是泥做的”，如果把这话翻译给普鲁斯特听，他肯定心领神会，由衷赞赏。如果谁有兴致的话，把普鲁斯特描写女性的词语编成一本词典，一定是本很有趣的词典。他对女性的描绘，从外形、心情以及和女人在一起时男人的感觉，都写得极为传神，集合在一起看肯定非常有意思。在普鲁斯特的心目中，最赏心悦目的风景是青春少女的音容笑貌，和女友们在一起时，马塞尔就像散步在花园里，沐浴在温润的暖风中，如同聆听最动人的音乐，少女们是他的激情和灵感的源泉。和少女们一起交谈时，他用崇拜的目光欣赏她们，用全部的身心倾听她们，由此产生的遐想自然非同凡响。在小说中有一段描写少女们说话声音的文字，让人拍案叫绝。

“我怀着快乐的心情倾听她们的讲话，正如我无比快乐地凝望她们，从她们每个人的声音里发现一幅色彩斑斓的图画一样，我怀着极大的乐趣听着她们唧唧喳喳。”“喜欢少女的人会从少女的嗓音中发现比鸟的啼啭还要变化多端的旋律。少女的嗓音所拥有的音符，比表现力最丰富的乐器还多。这些少女用双唇，怀着贝里尼音乐小天使的认真和热情弹奏着这件更为丰富的乐器。这种认真和热情也是青春特有的光彩。这热情自信的音色赋予最简单的事情以动人的魅力。她们的话语铿锵有韵，犹如古代的诗句。”他还能从少女们不同的口音中，发现她们性格中的细微差别和各自拥有的独特个性。“她们的声音就像乐队中不同的乐器奏出的旋律，交织成一阙销魂的交响诗。在少女们的话语中，我的面前出现了一幅又一幅美丽的画，甚至还能听到冥冥之中的故乡山河土地和少女气质之间进行的对话……”

普鲁斯特小说中的那个“我”，即马塞尔，与少女交往以后觉得浑身轻松，“自己也变成了天使”，但是在与男人海阔天空地闲聊之后，他总感到身心疲惫。当他静卧在少女身边倾听她们谈话的时候，“我丰富的感受无限地超越了我们贫乏而稀少的话语，淹没了我不动的身姿和沉默，溢成幸福的河流。潺潺流水漫过来，消逝在这些初放的玫瑰花的脚下”。

读这些文字的时候，我想，世界上还有什么音乐，比普鲁斯特笔下这些清纯天真的少女们的声音更迷人呢？

普鲁斯特描绘事物情景时，文字常常很铺张，一件小事情会花费很多笔墨来叙述。马塞尔童年时等待母亲临睡前一吻的情节，小说中竟用了上万字，似乎仍然意犹未尽，把一个渴望母爱的敏感的少年的感情和性格刻画得淋漓尽致。读这样的文字，犹如听一个观察力极细致而且极有耐心的人，不厌其烦地向你介绍着他所看到和想到的一切，任何一个细节都不舍得遗漏。然而，读这些精细缜密的描绘和联想时，却并没有使人感到累赘和啰唆。因为这位不厌其烦描绘他的感受的人有着高雅品位和情趣，他的叙述如同精美细致的工笔画。

然而普鲁斯特并不是总那么洋洋洒洒，他也有吝惜文字的时候。小说第二卷《在少女们身旁》中，也写到了一个让人难忘的吻。一天晚上，马塞尔应约到旅馆的一个房间中和女朋友阿尔贝蒂娜见面。一对少男少女，彼此都有好感，且有过很多微妙的暗示和亲密的交流。马塞尔走进阿尔贝蒂娜的房间时，她正躺在床上，解开了长辫，满面微笑地望着他。“这个从未品尝过的粉红色果子，闻起来是什么味，吃起来是什么味，我马上就会知晓！”马塞尔很冲动地想俯身吻阿尔贝蒂娜，却不料遭到了断然拒绝。就在马塞尔试图拥吻她时，阿尔贝蒂娜竟使足全身力气拉响了报警的铃……

小说写到铃声骤响便戛然而止。接下来的狼狈和尴尬，普鲁斯特没有写一个字。读到这里，起初我有些奇怪。这么重要的情节，为什么不展开写？这似乎不符合普鲁斯特细腻精微的风格。而一般读者必定也关注着警铃响起后继续发展的情绪和故事。然而普鲁斯特的笔此刻突然变得无比吝啬，再也不肯多写一个字。读后回味一下，才觉得这儿的略写反而会使读者对这一情节产生更深的印象。在这未遂的一吻之后，可能会出现的场面读者可以自己去想象。小说中阿尔贝蒂娜这个人物也更增添了几分不可理喻的神秘感。读到小说的第四卷方才知道阿尔贝蒂娜是一个同性恋者，这未遂之吻也可以算是一笔铺垫吧。

一个滔滔不绝的人有时候也会语塞，一条急流汹涌的江河有时候也会突然受到峡谷的阻断与阻挡，普鲁斯特这样写自然有他的道理。小说中的动和静、铺张和节制应该是相辅相成的。总是很静，从头静到底，会使人看得想要睡觉；老是动，从头动到尾，会使人读得躁动不安；铺张泛滥，会让人读得奇烦无比；始终节制，会使人觉得不生动、不过瘾。所以在同一部作品中，动和静、铺张和节制是相辅相成的。就如一个风格独特的画家，在一幅作品中同时运用了浓墨写意和淡彩工笔，两种技巧的融合便烘托出画的动人境界来。就像齐白石的画，一幅大写意的荷花，用泼墨画出的荷叶上却停落着一只极其写实的小虫子，透明翅膀上细密的翅脉纤毫毕现，写意与工笔共存，非常和谐。

在富有想象力的艺术家心目中，世界上的一切东西都是有血有肉的生命，它们有感情，会思索，能用奇特的方式和你做种种美妙的交流。在《追忆似水年华》中，处处能看到这样的情形。

在第三卷《盖尔芒特家那边》中，普鲁斯特以奇特的方式描绘了一家古老的旅馆。为了排遣因单相思而产生的苦恼，他到离巴黎不远的一个小城去看一位在军队当军官的朋友圣卢。圣卢介绍他去住这家据说是“有着古老高雅情调”的老旅馆。小说主人公并不想住旅馆，因为他认为任何旅馆都会使他感到孤独和忧郁。“这种忧郁的性情好比一种令人窒息的香气，自我出生以来，任何一个新房间都会散发出这种使我透不过气来的香味……”可是一走进这家旅馆，他就被其中美妙的气氛感染了、融化了。他觉得在那里“一分钟也没有单独呆着”，因为旅馆就像是一个很有情趣的人，时时在和他游戏交往。走廊：“弯弯曲曲，漫无目的地游来游去”；客房：“我一到，它们就来和我作伴——它们有点像旧时代的小幽灵，游手好闲，但默不作声，每当我和它们相遇，它们总向我表示默默的关怀”；就连上下楼梯，也能让人激起官能的快乐。“台阶一级挨一级，上下巧妙地排列着，在它们的递进中仿佛释放出一种完美无缺的和谐，就是我们在颜色、芳香和美味中能感觉到的常常会激起我们官能无限快乐的和谐。”在房间、客厅和走廊里，对着壁画、窗帘、火炉、椅子、地毯，甚至墙，作者都会生出奇妙的遐想。“一堵不开门的墙诚恳地对我说：‘现在该往回走了，不过，你看见了，这里就是你的家。’柔软的地毯也会说：‘如果你夜里不睡觉，完全可以光着脚走出来。’而那些窗户更有意思，它们时时准备和你彻夜长谈，准备向你展现美景，绝不会有任何怨言。

从窗户里俯视花园，就像俯视一个孤独的美女……”一个空荡荡的老旅馆，在普鲁斯特的笔下，就这样成了一个童话的世界，成了一个驱逐忧郁、制造快乐的温馨天地，成了一个有生命的朋友。这样的描写，不可思议，却又是如此自然。读这些关于旅馆的描写时，我体会到了作者的好心情。很显然，这种好心情是圣卢用纯洁高贵的友情带给他的。写旅馆的美妙环境其实还是表现小说主人公的心情。

在普鲁斯特的小说中，这样的描写似乎是顺手拈来的事情，毫不费力。难怪都德在读了《追忆似水年华》后会感叹：“他的风格灵活生动，令人诧异。任何另一种风格，和普鲁斯特的风格相比，都显得黯然失色，矫揉造作，缺乏生气。”

七卷小说中，那么多的人物和故事都有一个主题，它们就是四个字：“时间”和“回忆”。时间可以毁灭一切，而且无法挽留，它可以让一切消失。普鲁斯特对时间的看法与中国古代哲人的看法是一样的，就像孔子说的“逝者如斯夫”。还有一个就是“回忆”，回忆可以拯救一切。时间是一种毁灭，它把所有发生过的都毁于一旦，发生的同时，也在消失死去。而回忆可以使一切都复活，回忆中一切可以重演。小说的主题主要是回忆，而普鲁斯特的伟大之处就在于给回忆一种特殊的方式。一般所说的回忆是强制性的、机械性的，有人为的规定情景作为引导，比如一本回忆录被搁置在那里，翻开它就能把主人公的一生回溯一遍，或许是一些文件合同，看到大学毕业证书就能记起大学生涯，翻阅中学时代的照片就会想起中学往事……这都是一些机械性的回忆，而真正美好的回忆是可以使生命复活的回忆，也就是普鲁斯特所表现的“不由自主的回忆”。

在他的小说中，对往事的回忆是突然冒出来的，非常自然。有时候闻到一缕花香，回忆就此飘出来了；看到一棵树，回忆就出现了。其中最有名的描写就是“一块小饼”的片段，当他吃着小点心的时候，马上就会有一种生活画面在眼前浮现。在阅读时，我对此颇有共鸣。每个人在生活中都有这种情形，只要你进入一种特定的状态，就会有一些记忆涌出脑海。小时候睡午觉时，看见阳光从窗户里射进来，灰尘在光束里飘动，那景象朦胧飘忽。这时窗外会传来几声“修牙刷、修阳伞”的叫嚷声，优美而凄凉。童年的很多经历会在飘动着尘灰的光束和忧伤的喊声里纷至沓来，自然而难以抗拒。这种不由自主的回忆每个人都可能有，但是很少有作家能够把它表达完整，而普鲁斯特的小说里经常出现这种不由自主的回忆。

普鲁斯特有位亲戚，叫伯格森，是一位法国作家，得过诺贝尔文学奖，并创造了“生命冲动”和“绵延”这两个哲学术语来解释生命现象。他认为生命冲动即绵延，这是真正的实际时间，是唯一的存在，也就是说你只有在生命冲动的时候才是真正地生活着，而你不冲动的时候就是行尸走肉。这是无法靠理性去认识的，只有靠直觉来把握。普鲁斯特接受了伯格森的观点，他认为“就像空间有几何学一样，时间有心理学，每个人毕生都在与时间抗争。我们本想执着地去眷恋一个爱人、一个朋友，去追求一些信念，遗忘却从冥冥之中升腾而起，遗忘是人的天性。夜幕使心灵升腾出种种的美好记忆，但是我们的自我毕竟不会完全消失，就是看起来好像完全消失、死亡了，其实也并非如此。因为它在同我们的自身融为一体”。这就是普鲁斯特的主导动机，寻找似乎已经失去的，但是被扔在那里随时准备再生的时间，他认为时间其实没有消失过。有一种说法是：“真正的幸福是过去的幸福！真正的美好是消失的美好！”即消失就代表这件事已结束，但是当你回忆时却能一遍一遍地重复那种美好，它才是真正地融合在你的生命中，也凝聚在你的肉体里和灵魂里，不会消失以至永恒。它在发生时，有可能转瞬即逝，但过去以后，它就永远留在你的心里。

我不懂法文，据正在重译此书的翻译家周克希先生说，“追忆似水年华”这个书名的翻译不太准确。英文译本的书名是*In Search of Lost Time*，就是“寻找失去的时间”，我想英文对法文的转译应该是比较准确的，那么这本书就该叫“寻找失去的时间”，这也许与普鲁斯特的本意更接近一些。时间已经失去了，但是它还在，在你的心里与灵魂中，你可以通过你的方式把它找回来。周克希告诉我，他的译本不会用“追忆似水年华”这个名字，就用“寻找失去的时间”。其实我觉得“追忆似水年华”也是可以的，基本上也有了“寻找失去的时间”的意思，而且更有诗意。对这样一部名著，书名其实不重要，只要你能静下心阅读，就会被它吸引，不管它叫哪个名字。

已经失去、死去的时间，怎么样去寻找呢？1908年，普鲁斯特在计划写这本书的时候，先写了一篇关于小说的小说——《驳圣伯夫》，序言中有一段文字非常重要。“对于智力，我越来越觉得没有什么值得重视的。我认为作家只有摆脱智力，才能在我们获得的种种印象中将事物真正抓住。也就是说，真正达到事物的本身，得到艺术的内容。智力以过去时间的名义提供给我们的东西，未必就是那样东西。我们生命中的每一时刻一经过去，立即寄寓并隐匿在某件物质对象之中，就像民间传说中的灵魂托身那样。生命的每一刻都囿于某一物质对象，只要这一对象没被我们发现，它就会永远寄寓其中。我们是通过这个对象来认识生命的那一时刻的；它也只有等到我们把它从中召唤出来的时候，方能从这个物质对象中脱颖而出。而它囿于其间的对象，或者不如说感觉，因为对象是通过感觉与我们互相关联的，我们很可能无从与之相通。因此，我们一生中有许多时间很可能从此不复再现。”像普鲁斯特这样敏感，能够善于把失去的时间追回来的人是非常少的。其实，每个人都有他最难忘的记忆（最痛苦、最快乐或最惶惑的记忆）铭刻在灵魂里，这些记忆可能会重现脑际，使人在颓丧的时候振奋，在振奋的时候消沉，在欢乐的时候悲伤，在悲伤的时候走出沉沦。这些记忆可以改变我们的生命，改变我们的生活状态。然而多数人无法追回自己的大部分记忆，只有一小部分深刻的记忆积聚在心灵一隅。但是普鲁斯特却不一样，他可以通过他的方式把生命中一切有意思的瞬间和经历，非常艺术地回忆出来。正因如此，他才成为一个伟大的小说家。这就是他的“不由自主的回忆”。自主的回忆，借助于智力的推断，是明确的、有意识的。不由自主的回忆却能通过当时的感觉与某种记忆之间的偶合，产生无意识的联想，使过去的情景存活于身边现时的事物之中。普鲁斯特写过这样一段文字：

“我曾在乡间的一处住所度过许多个夏季，我不时在怀念这些夏季，对我来说它们很可能已经一去不复返，永远消失了。就像任何时而浮现的情景一样，它们时而浮现全凭一种偶合。有一日傍晚，天在下雪，我从外面回来，进到屋里坐在灯下准备看书，但一时没法暖和过来。这时上了年纪的女佣建议我喝一杯热茶，而我平时是不大喝热茶的。完全出于偶然，她还给我拿来几片烤面包。我把面包片放到茶水里浸了浸，放进嘴里；我嘴里感到它软软的浸过茶的味道，突然我产生了一种异样的心情，感到了天竺葵和香橙的芳香，一种无以名状的幸福充满了全身。我动也不敢动，唯恐在我身上发生的不可思议的一切会就此消失；我的思绪集中在这片唤起这一切感觉的浸过茶的面包上。骤然间，记忆中封闭的隔板受到震动，松开了。以前在乡间住所度过的那些夏天，顿时涌现在我的意识之中，连同那些夏天美好的早晨一一再现了。我想起来了：原来我那时清晨起来，下楼到外祖父屋里去喝早茶，外祖父总是把面包干先放进他的茶里蘸一蘸，然后拿给我吃。但是这样的夏季清晨早已成了过去，而茶水泡软的面包干的感觉却成了那失去的时间——对智力来说，它已经成为死去的时间——躲藏隐匿的所在。”

这非常形象地表述出他那种“不由自主的回忆”。你毫无准备地遇到一种并无特殊意义的情景：闻到一丝气味、吃到一种食物，甚至是看到一缕阳光，似乎没缘由地就想起了你生活中过去的一段经历，这就是“不由自主的回忆”。这段文字后来被扩展改写成《追忆似水年华》中一个著名的段落——马德莱娜小点心；他吃到这个小点心的时候就会想起一段往事。普鲁斯特要告诉我们的是：失去的时间就是如此找回来的，而它一旦被找了回来，也就被我们战胜了。因为属于过去的实际时间已经换成了心理时间，作家正是在此刻感到自己征服了永恒；任何事物只有以其永恒的面貌（即艺术的面貌，回忆的场景已经是一种艺术），才能被真正地领悟和保存。这就是《追忆似水年华》的写作主旨。

在普鲁斯特看来，这种偶合是可遇而不可求的。如果那一切是经过有意识的观察而得到，回忆的美好和艺术性便全部丧失了。他这么说，我无法全部苟同。是不是只有不由自主的回忆才是永恒的回忆？才是美好的回忆？才是有诗意的艺术回忆？对于他来说，也许是这样。但是常人拥有的那种自主的回忆，我认为也可能是很有诗意的。因为世人不可能都像他那样敏感，那样富有想象力，不可能都能运用生活之中那么多的偶合唤醒自己的记忆。只要这些记忆本身是美好的，它们镌刻在你的灵魂里，埋藏在你的心灵中，有时检阅一下，它们未必就没有艺术的诗意。

马塞尔·普鲁斯特生于1871年，死于1922年，活了五十一岁，生死都在巴黎。他从小有哮喘病，体质很弱，所以他的童年生活和别人不一样。他自己说："因为哮喘病，我从小被逐出了童年的伊甸园。"他小时候一直在病痛中挣扎，从他的小说中能看出他儿时多愁善感的个性，这与他的疾病有关；他的气质是内向的，而他的敏感甚至到了病态的程度。读过小说的人必定会注意到其中一个非常有趣的细节，主人公每天临睡前必须要母亲吻他一下才能够睡着，如果母亲不来吻他，他就一定无法入睡，还会整夜难过不安。他表达的是对母爱的渴望，其实也是一个病弱的孩子的敏感。普鲁斯特受到外祖母和母亲的一些熏陶，喜欢塞维涅夫人、乔治·桑和英国维多利亚时代的一些作家。他又受到中学老师的影响，推崇17世纪的法国古典作品；他倾心于圣西门、巴尔扎克、波德莱尔和福楼拜，一度还热衷于英国作家约翰·拉斯金论述建筑和艺术的作品。从中学毕业到父母去世的这段时期，大约在1889年至1905年之间，普鲁斯特经常出入上流社会的社交圈。他学生时代便经常与大人在一起参与各种各样的上层聚会，并且留心观察。对这样的生活，他后来感到愧疚，觉得这是一种无聊的生活。其实也不尽如此，这些无聊的生活情节后来同样非常细致入微地出现在他的小说中。而且我觉得他写得不无聊，反而借助这样的生活刻画出各种各样性情的人物，写出了当时丰富的社会情状和人的种种心态以及生活习俗。作为作家，他对生活做了仔细的观察，并且做了大量的记录。他那时也为报刊撰写一些有关贵族沙龙生活的专栏文章，发表评论、小说、随笔，也模仿他喜欢的作家风格去写作。母亲对他有极大的影响。她不是作家，只是一位受过高等教育也具备极好修养的文学爱好者。母亲教他翻译，劝他要懂得直译。他翻译过拉斯金的两部著作《亚眠圣经》和《芝麻与百合》，是从英文译成法文。当时周围的人都认为小普鲁斯特喜欢舞文弄墨与读书，可能只是喜欢而已，玩玩罢了，他不会成为作家。他小时候的文笔也没有显露出特别过人的文学才华。其实，我觉得他那时是在做准备。这种准备是两方面的，一种是对生活的观察积累，另一种是对文学广泛而深入的了解研究。这两点，普鲁斯特做得非常好。

普鲁斯特的阅读经验可以说是广博深入，他写过很多评论文章，对很多作家有独到的见解。有人说，如果他不写小说而写评论的话，会成为世界上屈指可数的大评论家。因为他的评论文字精美、思想深刻，有独特见地。但是还好他没有成为评论家，我想他更适合做小说家。从1896年到1900年（即他的25岁到30岁之间），他断断续续地写下了一部自传体的小说《让·桑特依》。他生前没有发表这部小说，很多人都不知道他写过这部小说。他去世28年以后，人们在整理他遗留的大堆文件时，无意之中发现了这部小说的手稿，然后在1952年汇集出版。那时的普鲁斯特已经是名满天下的大作家了，他的《追忆似水年华》已经被公认为20世纪的经典巨著。他的《让·桑特依》引起很多评论家的注意，他们觉得在普鲁斯特这部小说中已经展示出非凡的创作才华，已经有了一个小说巨匠的影子。非常幸运的是，他的这部小说习作没有一写成就立即发表。如果立即发表的话将会产生什么后果呢？评论界会认为这部小说写得不错，这个作家很有才华。这样一来，他就可能不会再写《追忆似水年华》，因为这部小说与《追忆似水年华》的生活是重合的，很多出现在《追忆似水年华》中的场景在这部小说里都写过。所以我觉得《让·桑特依》当时没有即刻发表是一件好事，不然，普鲁斯特就不会再花15年的时间写一部巨作了。《追忆似水年华》其实是重写了《让·桑特依》，但是重写之后，整个小说结构以及艺术水准已完全不同。有很多评论家说："《让·桑特依》中的观察者已经是一位大师，他对生活场景、人物观察得非常仔细，但只是作为一个观察者可称得上'大师'。作为一个表述者，他还称不上是一个大师。"如果读了《追忆似水年华》以后再对比《让·桑特依》，那么毫无疑问，你就会觉得前者在表述上也已经是大师了。

《追忆似水年华》是普鲁斯特用他生命的最后15年写成的。他的房间窗户整天关着，墙壁上贴着一种吸音的软木板，几乎是与世隔绝。他是一个病人，他的哮喘病在当时已经非常严重，他必须要待在一间异常安静的房间。有人说小说家有几种：有人是坐着写作的，比如托尔斯泰就是正襟危坐地思考着人类的命运，把他观察到的生活一幕幕地展现在稿纸上；罗曼·罗兰也是如此，优雅而严谨。有些作家是走着写作的，比如杰克·伦敦就是到处跑，边走边写，他的小说里具有生命的跃动力与游动性；海明威也是到处旅行，以至于他的小说中有一种旅行家的姿态，他还有一个站着写作的习惯，所以他的文字凝练，没有冗长的描述，因为站着写就不会有那些繁复啰唆的描述，必须要写得简洁。还有一个人是躺着写作的，他就是普鲁斯特。我想他躺着写作不仅仅是一种生理状态（其实我相信他在写作时也是坐着的，说他躺着写作是由于他生病的缘故），同时也是他的一种精神状态的表现。他是躺在那里静静地回想自己已经逝去的生命以及经历过的生活，他躺在时间的流水中，躺在不由自主的回忆里。

《追忆似水年华》篇幅浩繁，内容结构非常复杂，故事似乎也散乱，但是你仔细读、仔细研究，会发现它的结构还是非常严谨的。就像建造一座巨大的石头建筑，要用各种各样不同大小的石块垒起来，垒到最后是一座巍峨而美妙的大厦，每一块石头都恰到好处地被安置在它该处的位置上，到最后缔造出巍峨的景观。

这是一部自传体小说，内容基本上是普鲁斯特的生活描写，读小说时总觉得是在阅览着作者本人的经历。小说开场，马塞尔似醒非醒地躺在床上，回想着他的童年。而后小说的情节便如天马行空，在马塞尔曾经历过、见识过、幻想过的人世间风云变幻，敷衍纠葛。爱情的多变、世态的跌宕、人心的起伏、命运的无常……在历尽沧桑之后，马塞尔似乎看破红尘，觉得自己的文学使命已经幻灭。然而在一次社交晚会上，发生了一连串偶然事件，使他突然产生了奇妙的灵感，他想“通过一部作品来重现以前所失去的时间”。于是又回到了全书的开头，马塞尔躺到床上，开始回忆他的童年。

小说从一个地方出发，又回到同一个地方，是非常奇特的一个环形结构。普鲁斯特曾经把自己的这部小说结构比喻成一座大教堂，他甚至准备用教堂建筑的不同部位为小说命名。他说：“我曾经想过，为此书的每一卷分别选用如下的标题：大门、后殿、彩画玻璃窗……”但后来他并没有这样做，大概还是有点牵强吧。这部小说的最大优点在于它的整体性，每个细小的组成部分都很结实，所以能够成为文学领域中一座举世无双的“大教堂”。

世界上很多杰作的命运都是坎坷的，中国的《红楼梦》就非常典型，《追忆似水年华》也一样。1912年，普鲁斯特将已经写成的一千多页的手稿——《在斯万家那边》《盖尔芒特家那边》和《重现的时光》，托人送交到著名作家纪德那里（纪德是与他同时代的、风格完全不同的大作家），但纪德拒绝推荐出版这部小说。我相信纪德当时并没有仔细地看过这部小说，他不认为一个名不见经传的作者会写出特别优秀的文学作品。这部小说后来又到过几家出版社编辑的案头，都没有被获准出版。但在两年之后，纪德意识到自己犯了一个严重的错误，于是写信给普鲁斯特，诚恳地表示他愿意出版这部小说。我不太清楚这其中的过程，但我相信纪德一定是花时间阅读了这部小说。认真的阅读使他惊讶，使他被普鲁斯特的才华折服。后来他曾这样评价："这篇文章是我见到的最讲究艺术的文章。艺术这个词汇如果出自贡布尔兄弟之口，我会觉得非常讨厌，但是一想到普鲁斯特，我就对这个词丝毫也不反感了。"他认为只有普鲁斯特的小说才能真正称得上艺术。纪德曾经指出罗曼·罗兰"没有风格"，他是一个非常挑剔的评论家，但他对普鲁斯特的风格评价非常高。"我在普鲁斯特的风格中寻找不到缺点，我寻找在风格中占主导地位的优点也没有找到。他有的不是这样或那样的优点，而是无所不备的一切优点。"他认为这部小说是完美的，从头看到尾只有优点没有其他。"有的小说家是有优点也有缺点的，你要寻找他的优点。而普鲁斯特小说的优点你不用寻找，他的优点不是先后轮流出现，而是在同时一起出现的。他的风格灵动活泼令人惊叹，任何另一种风格和他的风格相比都显得黯然失色、矫揉造作、缺乏生气。”这是他对普鲁斯特风格的一种描述，有人说这是他的一种偏爱，但我觉得讲得非常有道理。普鲁斯特的风格自始至终融汇在他所有的叙述和描绘之中。他对事物的描述确实是很难模仿的，电光一闪，灵感突如其来，然后就滔滔不绝，娓娓而谈，把奇妙的感觉表达得淋漓尽致。对每一件事物、每一个场景、每一种风景的描绘，对小说中人物的一个表情、一个心理活动的刻画，都是那样精微，那样独特，给人深刻的印象。

每年到诺贝尔奖评奖的时候，大家都认为20世纪的诺贝尔文学奖有很多的缺憾。最大的缺憾就是托尔斯泰没有获奖，另外一个大缺憾就是普鲁斯特的《追忆似水年华》没有获奖，这简直是诺贝尔文学奖的一种耻辱，因为大部分获奖的小说都无法和《追忆似水年华》相提并论。造成这样的缺憾当然是有原因的，一是诺贝尔文学奖的那些评委所见有局限性，二是这部小说坎坷的命运。这部小说一卷卷地出版，等它成为大家公认的佳作时，普鲁斯特已经离开了人间。这时诺贝尔奖给他已经没有可能，因为此奖只发给在世的作家。这也只能是一个永远的缺憾了。

有时候，我想象自己就是那个曾经拒绝过这部小说的纪德，我可以想象纪德的心情，想象他转变的原因。那一天，他随手打开那部被他搁置已久的小说稿，无意中随手翻开其中的一页，读着读着就被其中绝妙的文字吸引了，然后就情不自禁地一页一页往下阅读，以至于一发而不可收，直到被这些文字征服。纪德最终改变自己原先的想法，实在很自然。有些人在谈艺术时装腔作势、非常矫情，但普鲁斯特写得如此夸张、如此离奇，而你就是觉得很自然。他确实是一个充满幻想、灵感和智慧的人，从他的心里面缓缓流出来一种美妙博大的境界。这样一部伟大的小说，一个天才用毕生的心血、用整个生命来完成它，而作为一个读者，我觉得我们真是很幸运，大概只要花一个月，甚至更少的十天时间，或用我少年时代的速度——七天时间就可以读完这部小说。但我觉得用七天时间读懂这部小说是不可能的，我想如果花一年、半年或几个月的时间仔细地阅读这部小说，我们会对人生、对世界改变一些看法，包括对自身。这部小说必须慢慢品读，读几年也不过分。一位美国作家告诉我，在纽约有一个普鲁斯特读书会，参加者都是《追忆似水年华》的书迷，他们每周读十来页，每周聚会一次，交流对这十来页内容的读后感，已经读了很多年，还在继续读。读这部小说时你会产生一种共鸣，觉得人的心灵原来是可以这样开放的。我不相信普鲁斯特就是世界上经历最丰富的人，他的恋爱也未必是最曲折美妙的，可以说世界上很多人的经历比他更丰富。而像他这样把心灵的门打开，把心灵的感受这样深刻地挖掘出来，并用如此美妙的方式展现出来，不能说绝后，但也是空前的。直到目前为止，我还没有看见有另外一位作家能够做到像他这样。

时间、回忆，普鲁斯特小说中的这两个主题是发人深省的。时间在毁灭一切，而回忆可以拯救已经消失的往昔。其实人世间任何一刻只要发生过的就不会消失，只要你记得它，只要你愿意回想它，只要你珍惜它。如果你是一个珍惜光阴、热爱生命、喜爱艺术的人，那么你曾经经历过的生活——那些美妙的、哀伤的、刻骨铭心的瞬间，就可能在你意想不到的时候，当一个特定的情景在你的周围发生时，不期而至，把你重新拽回到已经消逝的时光中。

激情的生命过程重现了、重演了，这是一种奇妙的境界。我相信每个人都可以达到这种境界，普鲁斯特用他的小说为我们做了示范。

2004年5月22日改定于四步斋